# 寫你

蔣亞妮

# 目錄

輯三

推薦序

# 有身體好好

楊佳嫻

朱天文〈炎夏之都〉裡，呂聰智陷身於中年迷障，理不清愛欲藤蔓，慣性和疲憊消滅了純真，卻總是一再想起大學時代女友做愛時緊緊抱著他像哭又像笑的那句話，「有身體好好，有身體好好」。

那是八十年代的小說，誰讀了以後能忘記那膠黏的汽車後座、深色玻璃外圓餅似照著交纏身體的太陽呢？三十年來，輾轉了幾代，從小說到散文，身體既是能讓虛構人物洪荒纏綿、自我啟迪，也能讓自傳性質的散文書寫有了新鮮的著力點——不少女性作者與男性作者都願意拿出自身體驗（女性更多些，男性我認為寫最好是吳永毅），往晦暗不堪處探討，那些衛生紙擦不乾淨的黏膩腥臊，那些崎嶇、邊緣、怪異，同時煥發成長、性別與社會意涵。我想是在前述漸次累積起來的基礎與氛圍中，蔣亞妮寫身體，水到渠成，特別願意承認從洞穴腔道深處湧出來的，甜蜜，疼痛，壓迫。

亞妮是比我小十歲的一代，從她的散文裡，我看到她（們）熟習跨國旅行與商品，對外貌自覺，比我成長過程所經歷更早，當然這與女性自信與動能的提高、消費社會的形成、觀念鬆綁等都有關係。戀愛裡充滿旅跡與商品，旅途也充滿戀愛與商品，當然，商品也同樣鑲嵌於另外兩者，像樹叢裡的寶石，記憶黑河邊傳遞過來的信物，閃耀著光輝。商品可以拿來界定自我，也能拿來觀察歲月與境況。而旅行、商品、戀愛，全部都要通過身體才能展演。如果說朱天文〈世紀末的華麗〉只是針對城市特定區域與人群，他們的身體彷彿消融在層層布料、色彩與氣味底下，只為風格而生；亞妮筆下的世界，身體回來了，世紀初青春踟躕，除了風格還有無數難題，還有那麼多待剷除的頑垢和糾結於排水孔的毛髮，左右了生命的流速。

《寫你》寫了很多「你」，寫父親，寫母親，寫女人生命裡的其他女人，還有男人。看過的漫畫、電影，聽過的歌曲，替這些關係提供腳本，框定感覺，然後就可以將之做為偏離、背叛的對象，學會告別，學會開解，因為是吃力學來的，還帶著還沒好全的舊傷，朦朧一片黃紫，寫作好像就是要穿過這層朦朧，向底下掏東西。而散文命名中出現「凡例」、「條碼」字樣，前者規範特定場域內的建構原則，後者則是編碼以利歸檔與判別，一旦醒覺到它們的存在，同樣難免偏離、背叛。歧路即命運。

回過頭來，還想再說說全書開篇〈水木清華〉。我得承認一開始拿到書稿，看到這名字，還以為真真要寫的是我任教的學校。結果是個叫清華但不讀清華的男孩子，以及不叫清華但是在清華讀書的另一個男孩子，愛上清華而後來終於來了清華的女孩，他們以及她的故事，清華（哪個清華？）在故事裡閃逝。這故事本身也許尋常無奇，關於執著，等待，性，曖昧，傷害，所有感情用事的元素，也可能其實是關於洗滌——洗乾淨了男孩鬱積著許多生活殘骸的浴室，洗乾淨了可疑的跡證，卻彷彿醋打翻了地上漫漶為白痕，汗在纖維間退後為黃色，不能徹底根除。也許心動再美，也終將變質為垢？彈性再好的身體，折拗多了，也有摺痕，也可能變薄變脆變灰。每一段失敗愛欲裡都藏著天人五衰。有身體好好，可以那麼深地接納愛人，也可以不說什麼但一切瞭然地致意與致謝——啊，即使是好後來好後來花季將了時才醒悟。

（本文作者為詩人／清華大學中國文學系助理教授）

# 名家推薦

（依照姓名筆畫順序）

初識亞妮時，她已是一身素色、長上衣，眉眼掩於長髮間的女子。我們在一間小小藝廊的桌位說話，生澀、卻感到絕然的真誠。「我喜歡這個朋友。」當時必然浮現如此心思。一如間續讀亞妮寫在各處的文字。總共享的我們世代的愛戀之劫、文學徒勞。她的目光是妝鏡，為此時愈顯單色的我映射著。那卻也是寫作者對人事的慎重：將「你」歸還你，將「寫」的辛勞，藏在自己上衣微掩的所在、心搏動的暗袋。

——作家　李時雍

這本散文集一直讓我想到小時候有部卡通叫做《凡爾賽玫瑰》，雖然二者沒有什麼關聯。也許是因為它讀來像一枝風乾的薔薇蔭在木盒裡，花瓣有著深淺的咖啡色漬。它描寫的青春浪漫得像是浸泡了過長青春期的莖蔓，瘋長起來，也足以覆蓋一座其實早已衰老的花園。

——作家　言叔夏

跟第一本散文集相隔只兩年，卻有大飛躍大轉折，揮去神秘的雲霧，文思如靈蛇般婉妙遊走，放射慧黠又銳利的光輝，作者的形影閃閃發亮，文字與氣韻已自成一格，令人驚豔！

——東海大學中文系教授／作家　周芬伶

如果說最近賴香吟《翻譯者》是很「隔」的小說，蔣亞妮《寫你》無疑就是很「隔」的散文——和讀者有距離，想保持距離，或者說還沒想好要不要保持距離。閨蜜與男友，七月與安生，複雜難解的人際關係，神秘中帶一點冷眼，像黑夜中看見的櫻桃色，文壇上又一副慧黠剔透，異色迷離的玲瓏心腸。

——逢甲大學中文系教授　張瑞芬

〔寫你，就是寫妮〕

蔣亞妮是屬於東海一派的年輕作家群，也是周芬伶學生中的一個重要成員。她可能有一點點「周腔」，卻又不然。畢竟，這位年輕作者沒有她老師的那種歷練，那種感情上起伏動盪的歷練。但是，寫起她自己的成長史，就完全脫離了周腔。她擅長挖掘自己內在的世界，畢竟沒有人可以觸及到滄桑的最深處。最新一篇散文〈寫你〉，讓我們看見那獨一無二的成長經驗。她勇於注視那深邃的傷口，而且是那樣毫無畏懼的注視。她在寫你，也創造了一種「寫妮體」的散文。

——政治大學講座教授／作家　陳芳明

影薄少女，都在寫別人，也都在寫給別人。那些文章全像信，糊掉了收件人，卻又很準確，經常以為是寄給我。少女的影子那麼薄，存在像能搾出水來，其實是汁液淋漓的溫柔，存在別人裡面，便在自己外面。溢出自己外面，卻永遠進不去別人裡面。比沒有多有一點，比有還薄一點，蔣亞妮很能拿捏那樣的分寸，貼著影子的輪廓邊緣，觸了虛，比實體還實。

——作家　陳栢青

自序

# 寫作的艱難

晃晃蕩蕩、亮麗潔白的二十歲前，我沒有想過寫作。

整日在陽明山上、士林、天母幾個固定的無意義場所穿梭，讀了好幾年的新聞系，直到與友人決裂、開始遠距離的戀愛加上一些算得上是狗屁倒灶的事後，我終於被一種巨大的空洞感、被諸事無成的驚慌一巴掌揮醒。留下的紅腫疼痛跟了我好幾年又好幾年，直到其他更疼痛的事沖淡稀釋了它。

像是十年前的事了，我轉學到中部的一間中文系，幾乎是重頭念了一次大學，青春其實是一大段渾渾噩噩、民智未開的嘗試，比起寫作，我想那時我更在意穿得漂亮。但打開我不斷嘗試變幻風格的少女照片，還是會被那件像是 FRIDAYS 制服配色的誇張襯衫、暗玫瑰色的碎花雪紡巨大喇叭袖上衣、屁股後口袋上是亮芥末黃刺繡和一堆串珠的牛仔褲引起一陣唏噓，雖然唏噓，但無法譴責，譴責那存下許久生活費換來的昂貴嘗試。我無限嚮往的渾然無知已經走過，走到了無法裝傻賣萌換得原諒的現在，確實是扎扎實實的十年。每一件衣服和每一段文字被扎實的捆在一起，以十年成一束，我要抽出哪段看時，總怕抽出太多其他不禁看的自己。

我從沒想過寫到現在，每一次的寫都提著心膽，像是第一次般。第一次，穿著我的刺繡黃色牛仔褲和花色張揚的雪紡衣，那年的中文系課堂，我就像個瞎子般的闖進。不曾聽聞過的名師、後來的小說家、散文家、詩人學長姊，都是我為了學分而闖進的異世界。所有的作家都是初次見面，所有的小說都是久別重逢，就像那年我的穿衣勇氣一樣，我寫出許多異色小說、抄襲散文、網誌詩。第一篇小說寫的是一個總是在找尋紅洋裝的失憶女和她的精神科醫師，結尾是一點都不令人意外的意外，紅洋裝是失憶女殺人後血染紅白色洋裝的證據，總阻止她記起事情的精神科醫師其實愛她。創作課堂上，我僅記得那些日後出了很多本書的學長們異常的安靜，無人講評的寂寞和我那天刻意穿的褐紅色長雪紡洋裝（還是歐式宮廷的高腰風格）一樣無人問津，這些都是不禁細看的小說和洋裝。

寫出了一些東西，喜歡上一些作家時，我又離開了那間中文系。如果沒有發生些不好的事，我想我會就這樣念著書、蹦躂著的繼續長大變老，但如果的事都是逃不了的事。逃不了的人和事，後來我們學會叫它劫，寫作變成了渡劫。我始終是自私的人，我渡不了的，便寫出來讓大家一起苦，我渡完的，也要寫出來讓自己記得，不是什麼偉大的事。後來喜歡上的作家越來越多，總說不出原因，大概只因為讀了痛快，郝譽翔、賴香吟的痛很痛；黃麗群、陳俊志的爽又很爽。後來，也因為寫作，我幾次杵在了這些名字、更多名字的身旁，但我經常分神去想，下一次，我不知道寫不寫得出來。

一路相伴著寫的人，有人神隱似的只剩下一串電子郵件帳號，有人渡不了劫把自己寫成了小說結局，大多則去寫了別的東西，把文字一口口就飯吃了。他們都曾是那般的優秀如鬼神附體，都曾經動人心魄的把我逼上寫作的桌面，想跟他們一起留下什麼，比如說，一整個我們的世代。長夜將盡，揮霍也是。再離開一間學校後，他們成群的往前奔，倫敦的高餐下午茶、打卡送小菜的拉麵店、週末的偶像劇對白填充編劇、打工留學到廣告文案，這才是我們的整個書寫聚落最真實的生態。和那些名字不一樣，和那些在演講對談海報中都會出現的名字不同，鬼怪般聰穎的他、寫出靈光無窮無盡小說的她啊……往前奔走到艱難書寫的另一面，像覆蓋一張撲克牌那樣的就結束了我們的書寫。終究，書寫帶給現實我們的還是太過單薄。主管站在茶水間一角，刻意輕鬆的轉達老闆對我書寫的登報文章，有些注意，注意之外，他似無話無字彙想再多說。遠方親戚對著我文章一角的稱謂和故事敏銳沉重的提醒，全都是陳腔至極的情節，但確實都在上演。

他們都去哪兒了？他們都還在的，餐廳裡、喜宴上總能再見。

後來，直到現在，每次的相見相約，總會被問起一句話：妳還有在寫嗎？意思是：我幾乎不再寫了／寫作並不是唯一的成就／還在寫些什麼／哪來的時間啊。我全都百分百的同意。不熟友人輕輕拿起我的散文集，隨手翻完後說很久不讀這些軟的東西了，我也至少有百分之八十的同意，這些全都是真的。如果不想寫，那我們來聊點八卦聊些壞話，如果不想看這些，我們也還有資本論、還有賈伯斯。世界那麼大，所以我說，如果能當郭台銘誰要當郭強生，誰是郭強生？有時候就連一個共鳴點都能走到如此艱難的地方。

這些人和事，也都不是現在的事了，很久沒想起，想起來也是因為艱難。

以十年為單位，我終於結成了第一綑自己寫成的字。

那個下筆詭譎，讀久了像會串成一篇喃喃咒文似的學長，艱難的用我無法想見的方式，把自己栽在了我們每日行坐的大樓前。我以書寫渡劫，而書寫卻是他的劫，為了可以讀可以寫，為了過這樣的生活，原來還是有些人把自己蜷縮成最小的形式想要通過。對我而言，實在稱得上是一種偉大。他在我碩士畢業那年離開世界，聽說是為了始終找不到願意指導他論文的教授，這些人和事，也都不是現在的事了，很久沒想起，想起來也是因為艱難。

現在的我只穿單色最多雙色的針織上衣、長上衣，長髮可整年不修剪，論文與工作之外的其他書寫，比起渡劫式的告解，更像是奢華的全套精油 spa。我要提前安排一個時間，敲定沒有其他外務的干擾，刻意的保有體力，再輕輕打開筆電，花上兩小時、或是一整晚的時間。

那時，我會寫到心中沒有任何聲響，寫到現在的我與過去的你們身影微微重疊時，忽然停筆。在所有身影將滅之前，把房門關上。這樣，就像我們仍一起寫著。

# 水木清華

不知道在哪裡讀到一段話，言情小說得很，女子的口吻說著：「你還沒來，我怎敢老。」根本讀不下去的我敷上第一層化妝水，淡淡酒精的味道，一會兒拿下來半乾的化妝棉，開始細細的抹上精華液，質地要很細很輕，才能一下就被皮膚吸進。最後再擦乳液，一指一指像花開的方式在我臉上交疊、旋轉著。不管多麼矯情的抗拒女人不敢老的事，卻真實的、漸漸的老了。老去的過程中，我早已不知道清華在哪裡，其實無論哪裡，都已是我去不了的地方。

美髮店那一面大落地鏡，是生活中少數我能一直無遮掩的觀察自己樣貌的所在，今年最近的一次護髮時，發覺自己長得有些不同了。年少時我總希望鏡子裡那個圓臉厚唇的女孩看起來臉再尖一些、眉眼再精緻些，厚唇後來逐漸沒什麼人再嘲笑了，我也滿意它親起來有鬆軟厚墊的感覺，像親吻一片舒芙蕾。現在的我變成了標準的鵝蛋臉，膨皮的圓臉頰不再，以前不明顯的梨窩越發的明顯了，想當然是與膠原蛋白的流失脫不了關係。新朋友點開舊照片時，總會驚呼妳以前是有多胖啊，其實我不曾多胖，只是被時間終於洗去了年少的樣子。

被洗去的少年一定還有清華，但他應該是禁得起老的男子，清華變成男人後的樣貌，我實在無法想像出來，只能不斷的想起初見清華的時刻，在深夜黃昏一次又一次。

長了些青春痘的清華，每一次的靠近都是有度的，清華與我和朋友擦肩，朋友也是清華的朋友，他點頭，清癯的少年說妳們長得真像。我和朋友交換眼神，她從來都知道我最討厭人說我像誰，錯身後她說起清華。

清華是多麼優秀的學生。

清華一定能考上清華。

清華的故事不多，我明白那樣的好少年，總是沒幾個有太多的故事。我也想變成那樣沒故事的人，即使穿著相同制服的我們，制服底下的我們、進校門前的我們不只是來自不同的地方，我不安的在回家路上想起清華。後來的清華試圖拯救我和我的不安，我們從身體開始努力。

他第一次進入我時，我們都知道我已不是處女了，我總是幻想處女應該是怎樣的反應，卻無論如何只是微澀的就接納了他。我不太記得清第一次究竟是什麼時間消失的，絕對守口如瓶連清華都沒說過的小時候，我經常去幼稚園老師家玩一下午，我們同住在一個十幾棟大樓連成的社區裡，老師家裡潔白清新得像總是流動的水，而老師每一個下午都待在陽台的花圃，或是陽台上的搖椅，無聲的做永遠做不完的園藝。我在陽光中與她的兒子玩耍，客廳的沙發是厚實總像剛曬乾的棉麻椅套，背對著陽台，她的兒子極胖，大我三四歲，但總是像他母親一樣的照護我，我們兩家在外面餐廳吃飯時廁所裡有比我手掌大的蜘蛛，蜘蛛賴在牆腳，他就牽著我擋在蹲式馬桶與蜘蛛之間。

「妹妹乖，腳開一點。」

「來，我幫妳擦乾淨。」

「尿尿的地方一定要擦乾淨。」

可童年到現在，我一直是愛淨的。在他頻繁的碰觸中，我總覺得逐漸在失去什麼，許多個近傍晚的午後，老師在搖椅上睡去，她兒子的雙手來回在我貼身的衣物下拉扯，就在那沙發上，我無聲的接納這一切。幼女應該無感，我只變得非常討厭織布的沙發，記得它摩擦過我肌膚帶起的輕微紅腫，記得那胖男童身上的味道，唯一慶幸的是他沒有吻過我。

記不起到底那男童做到了哪個環節，我無息的背著這些記憶哪兒都沒說，背著背著自己也忘記了許多。但確實的感覺到撕裂與疼痛，是國中時在黃昏裡騎車，校園像是將熄的海港燈塔，天色昏黃得不像話，我緊張的騎在同班同學最後趕著出校，小小的下坡底是一個鐵欄杆，我迎面加速的撞上。熱辣的疼痛直通腦門，好長的十幾分鐘，只能感覺那裂縫一陣一陣的痛與熱，還有全身的無力。回家後，我直奔馬桶坐著，內褲上一小塊鮮紅的血，像海棠葉的形狀，跟月經初來時那種咖啡色的血印不同，它是鮮明純粹的紅。我用力搓乾淨它，晾起來。

清華幫我清洗次次到他家後我換下的每一件內衣褲，清華讓它們有他身上洗衣劑的味道，像是他有時輕柔的愛撫，剛開始時我穿著他洗好的內衣褲，全身總會有些發軟，有潮水一波波拍打下腹，有潮水像他愛我時那樣舒緩。後來我習慣了清華的溫柔，溫柔變得不再像潮水了，溫柔是春天的時裝大秀，沒間斷的粉橘黃、輕紗和雪紡，開滿雜誌的花團和模特臉上的春妝，我過不了這樣的日子，我過不了自己。

而清華總是能感覺得出來。

清華沒有考上清華，卻去了台大，那年我也上了大學，新竹市外偏僻的私立大學。他深夜總愛打電話來，要去爬五嶽要去看戲花光了零用錢，要租房子租金是驚人的貴，不想打工耽誤了一起的週末。每個週末我們仍然盡量見面，多半他坐下午的建明客運來，一起過兩個夜晚，一起逛清大夜市吃午餐、晚餐、消夜。我拿每個月一萬多塊的零用錢，帶著他穿過學生群，搶在他之前付錢，開源社雞排在那幾年的新竹大學生裡當紅，我們會提著滿滿一袋，租永遠畫不完的《火鳳燎原》漫畫。清華騎著我的摩拖車，載我穿過清華後門陰冷森森的公路，到食品路小巷子買豆漿喝。我以我能力的極限愛著清華，他不靦腆，只是沉默的接受。

那天陪清華等車，排得沒有盡頭的人群尾巴，他手輕輕抓在我馬尾的後端，我疲倦的只想騎回宿舍睡上一晚。清華不再幫我溫柔手洗內衣褲後，也不再有溫柔的愛撫，他開始喜歡摺疊我的身體，我有柔軟的肌理，他每次來時總會將我對摺、攤開又拗成各種動物的身形，輕率的進入我，激動的說一些死去活來的話。我察覺到他變得需索而不溫柔，但在此時卻開始有潮水漫出，從我心間我下體漫出幾乎不曾再出現的溫暖，被這樣不溫柔突刺的我終於愛上了這個男孩。清華捲到不知第幾圈的髮尾後，告訴我要開始打工了，他說我也想對妳好啊，也想要買雜誌裡我總不捨翻過那頁的日本洋裝給我，也想要帶我買下所有我覺得美好的物件。

「你只知道買嗎？」

「戀愛就是溫馨的請客吃飯。」他唱著歌詞回答我。

客運叫到他手上車票的號碼了，他低頭輕輕吻我一直被他捲著的髮尾，嘴唇離開時也鬆開了手指，髮尾被拋棄般的彈開、翻散開來，再輕輕彈在我後頸，我們說了晚安他上了回台北的車。

每次告別後一個人騎車回家的路都在大哭，我花了好長時間才習慣不哭著騎完。但看見我被告別搞得狼狽不堪的永遠只有阿合，阿合住在套房大樓的隔壁，一開始他跟我攀談時我總覺得我前一晚發出的呻吟被他聽到了。阿合第一次跟我說話，就是清華說要開始打工的那天，末日般的我在樓下立機車腳架，他在旁邊抽菸。

「妳看起來糟透了，跟男朋友分手了喔？」

阿合就像我不說話的室友，我幾點吃飯、丟垃圾、睡衣的款式他都比清華清楚，我們缺少的只是一個開口的動機。

「沒有，他要開始打工，不能來找我了。」

「那妳就去找他啊，還是妳是小三，不敢去？」

阿合一邊說話一邊移到煙飄不到我的下風處，他是那麼的明白，有時候我想起他，都覺得他是我所遇過最明白的人了，但是明白並不是幸福啊。

「我知道啊。」

我這樣回了阿合，但沒有停止哭泣。

阿合對我大概非常了解，我卻是一陣子後才知道他雖然說話帶著點輕微的南方港邊的口音，總是穿著上面有個日式鬼頭圖樣的牛仔褲，但念的卻是清大夜市旁最近的那間大學。於是阿合每次聽到我說清華的名字時，總會打個哆嗦，後來他說不要叫他清華了，叫他台大好了，或是叫他公館，但不要叫他清華。

第一次去台北找清華，在他開始打工後的第三個週末，他從中午上到晚上九點的班。

「妳可以在家睡一下。」

即使是年少時能睡到昏天黑地的我，都不曾真的睡一下就到晚上九點，清華出門時我還賴著床，起床後沖澡，分租的宿舍套房裡，地板上有灰黃的水垢有毛髮堵住排水孔，洗髮乳跟沐浴乳的瓶身上也灰灰濁濁的，比起不確定是水垢或其他的汙漬，卡在瓷磚間、地面、排水蓋上的毛髮，更令我渾身發癢。我沖澡時腳尖交互墊著想找一塊相對乾淨的地，但水漸漸的因為堵住的排水孔淹過我趾尖，淹過趾尖的那一秒我感到深深的厭惡和噁心，即使是清華的浴室、愛人踏過的地都一樣。我跳離水柱灑的那塊地板，忍著濕黏的感覺擦乾身體，想翻找出清華不知道放在哪的清潔劑，但根本沒有這種東西。

我一個人離開清華的宿舍時是下午兩點，沒有吃任何一餐，在不熟悉的巷子間隨意會冒出沒有招牌的書店或是大量的漢堡店，為什麼台北人這麼喜歡吃漢堡呢？在清大夜市裡舊房子巷弄間滴著冷氣水，那時清大對面的若水堂書店後剛開了個露天美食廣場叫大三圓，半圓的廣場被十幾家快餐、便當、麵店和簡單的義大利麵圍著，我最喜歡那家台式藍帶豬排店，大概是因為它所有的配菜都非常的下飯，有比我拳頭還大的沙拉球，卻不到一百就可以買到。清華卻不愛它，於是後來我只約阿合去吃。阿合說話帶著我老家靠海處的海線口音，但卻是貨真價實的台北人，他說他也不知道哪來的口音，反正全家都這樣說話。「我這算是南港口音啦！」

他常這樣跟新朋友們介紹自己。

我終於找到一間便利店，買清潔劑、通樂、橡膠手套、穩潔白博士、威猛先生，也買了一根便利店的熱狗，提著這些東西走回清華宿舍時，我又有了想哭的感覺，就像騎車回家的路一樣，都是殊途同歸。

我坐在床上吃熱狗，戴著手套，想先習慣橡膠粉粉的包覆感。很快的吃完後，我抓著刷子蹲在清華的浴室，被一片茫然的陳舊的汙漬包圍，像日本A片裡被狠狠玷汙著的女高中生一樣，只是我沒有叫出來而已。我傳LINE給阿合，拍了很多浴室的照片，阿合說怎麼了嗎？浴室蠻大的耶，難怪房租很貴。

我狠狠的刷著牆角、地面、洗手台下的每一根管子、馬桶和垃圾桶，黃灰黏稠的東西被水沖開，被水勢推到一個低窪地帶，我也被推在那裡，下午的四點半，清華沒有任何食物的家，沒有問候和簡訊也沒有飲用的水。我口乾急了通著水管，拿一根竹筷掏著彷彿有整個生態系埋伏著我的黑暗水管，撈出了結成團滴著汁的墨黑色毛髮塊，一些之後還有更多，我隔著手套把它們抓起來丟掉，這是我在自己家時從沒做過的事，但我仍然沒有猶豫。拿起蓮蓬頭轉成熱水看水流旋轉終於咕嚕嚕流下，整間浴室都滴著水，燈不太亮但是乾淨，一切回到應該的模樣。

我好渴，再次走出巷子時，我發現因為戴著手套的時間太長，每根指尖都皺成了大腦皮質的紋理，皺皺的也像滷大腸。我買了瓶水走了好幾條街，逼自己去書店看了小說，想找清華但認不得路，再過很久很久，清華下班。我在他宿舍的床上，睡得頭暈。

他把手放進我頭髮裡，少年的汗味傳來。

「你去洗澡啦。」

「洗澡幹嘛？妳想幹嘛？」

我被翻來轉去也被少年包覆、同時包覆著他，後來清華進去了浴室，我得到了一句妳好棒，在他澡後被帶去一間附近的美式餐廳吃飯，那麼晚的夜裡，一盤漢堡擺在我桌前，清華說很好吃，妳快吃，妳一定餓了。

花生醬、培根、牛肉漢堡，我看著帳單上它的名字比清華先一步打開皮包，結帳。從小我就討厭欠人的感覺，即使自己也困難萬分，好幾次幾天幾夜的忍著餓，但給清華買整櫃的零食，我自己說清華的話也能用在我身上，戀愛就是溫馨的請客吃飯，除了這些我竟不知如何對一個人好。

回去後阿合跟我各付各的，算到一塊都要精準的平分晚餐錢，沒有一次例外，但讓我心裡坦蕩蕩的舒服。阿合要我考轉學考，說他們學校也有我讀的科系，我沒跟清華說但在課間讀起了書。大三時我休學了，沒日夜的在清華那裡待了兩週，清華以為我缺課，在他心中我本來就是那麼恣意的人，大約沒有改變過，也不問。用退來的學費活了幾個月，連阿合都不知道，但確實在七月考上了阿合的學校，降了一個年級，清華非常開心，是我想像不到的開心，他對我說「至少也該念清華嘛」。

我沒有跟阿合說我在清華的電腦裡看到無數與其他女孩的對話，不是怕他擔心，是大概知道他會好好的稱許一番清華的能耐。那些對話裡的邀約、傍晚的操場跑步、半夜的兩人麻將（想不透怎麼打），開始時我還會問清華，清華比我還氣的要我相信他，後來我也不再問。第一次問他時，我們在西門附近的連鎖咖哩店裡吃午餐，忘了誰付帳，我吃到一半時想起那些對話，忽然就一點也吃不下，一邊喝水時我問了他，清華的眼不再是孩子的眼，他慌張然後嚴肅的開始生氣，我並不生氣也不難過，我總之是輸給他的，在任何事情上面都是。

我偶爾想起初見清華的那天，他是那麼好的孩子時，我還沒愛上他，後來他變成了那麼糟的樣子，我卻愛上了他。清華不再在夜市邊的店買衣服，不再去以前的美髮店剪髮，甚至連做愛時都不再戴上套子。我不敢問他，偶爾我下面灼熱刺癢時，我也什麼都不敢問他。這點我並沒有瞞著阿合，阿合認真的對我說：「妳的愛真他媽的奇怪。」

阿合再看到清華時已過了快兩年，清華來看我幫忙許久的畢業公演首演，阿合帶著他系上的同學也來看。我們演改編過的《勞兒之劫》，我是妝髮，幫演員們打高鼻影梳貧窮版的布爾喬亞式髮型，阿合坐在清華的後一排，開演前我和他們一一打過招呼，結束時在門口合影，阿合說他完全聽不懂那些英文台詞，所以一定超強的。清華和演勞兒好朋友塔佳娜的那個學姐在聊天，塔佳娜說她聽過清華的名字不知道在哪。阿合戳我的背，力道非常強。

「妳知道陳冠希嗎？」

「我當然知道。」

「我是說妳看過現在的陳冠希嗎？」

「沒有啊，他不是完蛋了嗎？」

「沒錯，他完蛋了。妳要回去看他現在的樣子，就是你男朋友以後的樣子。」

「不可能，我最討厭歪嘴斜眼笑的男人了。」

「不是臉，我說的不是臉，是樣子。」

散場後，我在湖邊等著清華，被蚊子咬了滿腳，我總覺得在等待清華的時間後面，一定也在等待別的什麼，但絕不是就為了等待而等下去的等著。清華和塔佳娜學姐走來，夜比實際看起來的深，我想著他們不知道在哪裡見過的對話與表情，和清華繼續走在夜裡。在樹叢間親吻，他拉我的手摸他，盡力的舔盡我所有的敏感帶，但我遲遲未濕，清華於是氣了起來，我再怎麼閉眼想像任何我喜歡的場景都無法濕潤，你就這樣進來吧，清華說不要。可我覺得我再也不能濕了，跟你在一起的時候，清華不懂我的意思，但是表情變得好醜陋，我想也是我現在的樣子。

那夜是我第一次沒有跟清華說再見就離開，一直到現在都還是保持這紀錄。清華繫好皮帶後看著我說，妳就是在等今天吧，妳要我說分手我就說分手，妳不濕也沒關係，每一次我喜歡從後面也是因為沒辦法看著妳的聖母樣射出來。

我沒有要像個聖母，但也不想要跟清華一起變得醜陋。

那夜我夢見洗著清華浴室的下午，所有黏稠的侵犯的搔癢的手都朝我伸來，一起流向旋轉流下的水渦中，早起時發現是經期來了，黏了一褲底的暗紅，我在那下午才愛上第一次見面時的清華，然後在昨晚發覺自己一點都不愛後來的清華。阿合傳了一段影片在我的手機裡，是陳冠希被狗仔跟拍後敲狗仔車窗的視頻，狗仔跟他道歉，陳冠希拿著攝影機反拍時笑著對狗仔說：「你們真帥啊，太帥了。」那時的眼神傷人又傷己，我想到每次在我身後的清華，卻沒有再繼續想下去。

隔年我的畢業公演劇目是《大亨小傳》，我還是妝髮，在後台看著同學手工趕出來的道具警示燈號，一閃一滅的在布幕間隱去又浮現。我一邊幫人刷上唇膏一邊想著清華，嚴格說起來我真正的第一次還是給他的，在閃燈間我也想起了阿合。後來關於他的記憶也變得不公平，阿合的臉不像清華，但沒有了阿合，我生活裡一切關於清華的都能逐漸消失。

那晚之後，畢業前的阿合在我洗澡完的夜裡敲門，開門時的我穿著起毛球的過膝罩衫，小小的乳房鴿子般的，因為沒穿內衣風透進來而突起。他在收拾後的大汗裡，跟我告別，明天就要搬走了。那麼無害、那麼透明的阿合，我跟他說完再見後，緊緊的擁抱他。胸前透過他微酸的、但溫熱的味道心跳，一動一抽像是訊號。我可以感覺到我半濕的頭髮尾端，浸濕了他的肩然後他的袖，阿合問我要不要幫我吹頭髮？這是不被歡迎的台詞，不要再有人幫我吹頭髮、不要再有人洗我的內衣褲，也不要再有人留我一下午的癡睡。溫柔是一種纏綿的方式，但不溫柔也是。

我把阿合推開的時候，他牛仔褲裡腫得不像話，離開我髖骨位置時，有微微的碰撞，不溫柔的纏綿就是不去面對自己的欲望。我已經有過一個清華，有過另一個清華，阿合不是清華，但沒有他以後，那些我哭與不哭的夜晚就變得虛幻。等到時間夠久以後，就能被寫成小說，變成虛構。

推開阿合後、公演後、畢業後、開始變老，時間被延伸之後。生活裡，只剩下美髮店那一面大落地鏡，是少數我能一直無遮掩的觀察自己樣貌的所在。年少時，我勇於在不同髮型師間嘗試，長長短短間，在多少夜晚的加班後，我現在只在某公園旁固定的美髮店、固定的設計師手下，看著自己。

那一大面落地鏡，將我整地的落髮無限延伸。

設計師蹦蹦跳跳的，找盡各種話題，將他養的店狗，兩隻比茶杯大不了多少的吉娃娃捧到我身上，討生活、討我開心。我還來不及把吉娃娃放回地上，來不及拍乾淨牠們沾上的細髮，設計師又轉著椅輪的往我遞上他手機。

「臉書提醒我三年前的今天妳也來給我剪頭髮耶！」

他把相片塞到我眼前，我拉開一點時，看見那個短髮、鮑伯頭，染得淺淺的女孩。那時剛剪短了頭髮的我，頂著還有點微胖的臉頰，到另一間同名的中國大學裡找朋友。從這間清華到那間清華過後，不知又經過了幾次的回來到這間美髮店，我把手機還給他，輕輕摸著他的狗。

「今天妳想怎麼弄？」

他的手穿過我的頭皮按著。

滿臉笑容的他問著我，我第一次沒有透過清華就想起了阿合。恍然大悟那一晚，可能阿合要做的根本不是告別，他只是想問我要怎麼弄而已。如果是這樣，我應該像是現在告訴設計師一樣，告訴阿合：「我不喜歡在上面，就像我不喜歡捲髮一樣。我喜歡偶爾很重的連著幾下，但不能都那麼用力，也不要太輕，就像我分開髮線的方式喜歡閃電型。」那麼，才算是好好的謝過阿合，現在的我，一定能提供比擁抱更好的道別了。

在美髮院裡的我快速滑著手機，沒再和設計師對話，隱約間他問了我什麼，我只是繼續努力的滑著，想找到三年前某天拍下的一張照片。那時剛剪完髮的我，和朋友在另一間清華的中式樓閣之下，遇見一對大約是校友的夫妻拍婚紗照。越過攝影師身後，我見到一塊牌匾上寫大大的「水木清華」，穿過其下，舊日浪潮卻哄然漫開。

婚紗紅在秋日，那片已濃綠到盡頭的樹蔭裡，被召喚出了藏在我身後的少女，少女變成鬼魅，多年來不散不走。我沒有告訴少女鬼，後來的一路上不只清華、還有無數男女一次次殺害過她。我終於滑到那張照片，它在我帳號裡，封著兩個清癯華茂的少年少女魂魄，我點開，按下讚，渡他們解脫。

許多年後的我與清華，想必都已成為能行過幽谷而不害怕的人，也早已無法知曉對方現在的模樣。

我想這是愛對人類最溫柔的樣子。

臨走時，朋友回頭看見我正按下快門的水木清華四字，

說：「這句子真美。」

臨走時，造型師把我的椅子轉開鏡前，拉開圍兜，

說：「妳今天超美。」

我／我，沒有說話。

# 寫你

我曾讀過一篇陳俊志的散文，關於他的父親。篇名我已記憶不清，對於人名和許多稱謂，我總沒有太好的記憶力。但我記得裡面的文字，記的很牢。那時他筆下的父親已有點老了，某天他帶父親看完牙醫後去了星巴克，幫父親點了一杯加了牛奶的本日咖啡，和一塊蛋糕，父親珍視的、小口的啜飲著，只擔心貴不貴，那天的最後他塞了三千塊給父親，大約也是他那時能力所及的金額。記不得名的散文裡，有段話卻讓我一直記著：「看到他，變得那麼老，讓我羞愧，讓我覺得自己不完整。」因為我對於自己的父親，也是如此。

今年過後，我就三十歲了。

三十歲的我，與二十五歲、二十歲的我沒有太大不同，依然讀著書，做一份收入不多的工作，只夠應付房租與基本開銷或偶爾的旅行。幾週回一次家，在父親與母親家各住一日，父親偶爾會塞個幾千塊給我，母親知道後總會說，他也就只拿得出來幾千塊而已。

這樣的生活和話語，在我二十歲的時候，我就下過決心，三十歲的我不願再聽到了。十年後的今天，這些事和人卻沒有改變、退讓，他們只是變得更老了一點、舊了一點。掙扎的這十年，也不是沒有長進，我更知道如何去愛母親和她的無理，但是我沒有說的、不願說的是，我想我更愛我的父親。

我不是真的忘記，忘記了那些父與母的陳年怨仇、至今無存款只有負債的父親，忘記了國小的自己經常撥著好幾通電話，轉東轉西轉不到父親。我沒忘記，但記憶不一定非要愛恨分明，是吧。

記得更多的是味道，我父親是個廚師，從我剛曉得分辨食物好壞的年紀，他就教會了我許多吃的道理，只撒了點黑胡椒粉的炒蛋，蛋白總像浮世繪的浪尖一樣翻在熱盤裡。或他只花十秒就調好的糖醋醬汁，淋在剛煎好的金黃魚皮上，那樣的酸甜香氣總能讓我澆汁就吃完一碗白米飯。他教會我的味道，那些食慾的學問，全藏在他日漸碩大的肚皮裡，或許是他最擅長的一件事了。因此，也讓我變成了一個精於吃卻不擅於煮的人。

大約只比現在的我再多個幾歲時，他離開一份朝九晚五的工作，開始做起各式各樣的料理。大概曾經在一些文章裡，說過更年輕的父親，更早以前的父親，端正而清俊，在一間紗廠裡當個小主管。大概就是那樣的乾淨清冷，有點寡欲、冷淡的樣子，吸引到了許多女人。但我知道他不是像他外表一樣的男人，所以他才會拋妻棄子，甚至拋下工作與年輕時將要趁勢起的理想，和一個又一個女人走向他處。

## ＊第一個十年

有幾年裡，母親經常問我：「妳為什麼總是要去找他？」

他不回家，他的家不在這裡。

他不來電、不問候，不看也不關心那幾年裡，我和母親的一切。

但我總是會找上他，說服母親幫我打通電話，說服母親開車帶我找他。

每隔一段時間，找上的他，都在做著不同的事，都能做出不同的食物給我。

最早時，他在大樓下開早餐車賣三明治、蛋餅、鹹粥給上班族，那時的我還不能常常見到他、找到他。但在偶爾幾次的碰面行程裡，我最喜歡陪著他到麵包工廠拿隔天要用的吐司。麵包工廠彷彿聖堂，它的位置與外形，那鐵皮屋裡烤著的土司、蘋果麵包，我全都記著。父親有著像是特異功能般能讓男女都喜歡的能力，他不多話，也半點都不幽默，卻總能讓人感覺到他與你對談時的專注真誠。後來的我，終於看見他身邊的氣，如此溫柔而不帶任何顏色，是任何走過與停留在我身邊的男人身上，從未見過的形與氣。

我會在他和麵包工廠老闆的長長對話裡，吃著每條土司的頭尾那兩片麵包，因為做三明治時用不著，就在麵包香中，吃用不著的吐司邊吃到我肚子微突。麵包廠裡養了隻母狗，灰白微卷的長毛狗，有淺淺棕色寶石般的眼睛，我會抱著牠又一邊躲著牠溫溫舌頭的舔舐。時間被拉長，拉長到像是用兩三萬字只寫一個下午的時空中。綿長永恆，沒有干擾。那樣的下午，也經常有著他榨黃豆的畫面，他用布一層層包裹住豆渣瀝出很濃很濃的豆漿，這時畫面總會忽然斷片。

大概是因為每個下午後，我就被母親接回家裡，那段時間，我沒有和父親夜晚的記憶。只有豆香、麵粉香，灰白小狗身上不香卻讓我一聞再聞的狗味，和我拉著他曬得很黑的手臂他單手就能舉起我的畫面，循環播放。

每隔一段時間，父親會更難被找到，後來推算，那往往是他換一份工作的過渡期。之後，他和叔叔合開了間羊肉爐店，那兩年，我大約只見過他兩次，因為店裡的營業時間，往往是我必須睡去的夜晚。於是，我缺失了關於羊肉爐的味道，只記著一片漆黑的縣道邊、一座幾無人行的天橋，遮雨棚下，我隔街遠遠看到的父親，和母親拉著我走的力道。

到了我有能力作主，打通電話找到父親後，他已經開了間牛肉麵店，直到今日都還開著。牛肉麵的味道當然是無話可說的好，但他每個夜晚翻著大鐵鍋，炒進豆瓣醬、中藥材、薑和其他調味的身影，和那些翻攪出來的濃煙一樣，嗆得我接近不得。後來，附近的鄰居們總會叫我麵店的女兒，店裡的生意一直很好。後來，我也從踮腳擦著桌子的年紀到了站在煮麵台前也不會有人跟我說「謝謝妹妹」的年紀。這就是我和父親的後來、和父親的十年。十年裡，父親越來越會煮，卻依然沒有留住什麼有形的事物。

## *第二個十年

這牛肉麵店的十年，我想慢慢地說。

我終於開始見到夜晚的父親，有了店面後，父親把爺爺奶奶一起接了過去。偶爾的週末或是寒暑長假，我都能陪著父親住上幾天。

那棟租來的透天裡，一樓的廚房裡終年開著火熬煮著牛骨與豬骨的高湯，平時父親每天都要煮一次牛肉，假日生意好時，每日兩次。父親揮著熱汗大鑊炒著一鍋鍋的牛肉，先把冷凍的牛肋條放在水中退冰至微粉的肉色透出，石黑的切肉刀飛快的把肉塊、肉屑切剁著，然後加入許多我至今都不得知的中藥，也有豆瓣和微量的番茄醬汁。一個小時接續一個小時，抽風機幾乎未曾停止過。這些濕熱的肉味也會薰透過二樓、三樓的房間，一樓廚房的天花板，不到一個半月便會被牛油的熱氣薰黑，那時父親就會拿著清潔劑噴滿天花板，沖下一層層油黑光亮的汙水，轉成漩渦流進水道。好長一段時間，住在那時總覺得頭髮會染上燉煮牛肉的味道，即使一天洗兩次頭，仍會在回到和母親的家時，忽然清楚聞見那股氣味。

父親的身上，也總是帶有淡淡的那牛油味。一開始，我也曾懼怕那味道，後來當我發現父親也怕著那樣的味道時，卻又忽然有什麼感受氾濫般的釋懷了。那麼多年來，父親在店裡，也從不吃牛肉麵，多半只吃清湯麵或是乾麵，偶爾只是大骨湯泡白飯，也能吃上一大碗。我不曾看到他碗中出現牛肉，我知道，他比我更不耐著那揮之不去的牛肉味。

大概是我對氣味的過度敏感，高中那段時間，是我這十年多來最少留宿在那的日子。牛油和豆瓣的味道，雖然不會讓呼吸道發癢，但是卻隱隱令我覺得不潔。我讀的那所高中，同學們身上總是白皙光潔的制服，每一個摺痕都彷彿充滿著香氣，我也知道那全是刻意熨燙出來的效果。校車上的其他女孩，頭髮與頸間全是沐浴乳、各式手工皂、洗髮水的香氣。那時，若有幾天我是從父親的店上學時，我總會遮掩著自己或出門前再洗次髮，刻意與人群保持距離。除了牛油的味道，我更怕父親大量抽著香菸的氣味，即使他不會在我穿著制服出門時抽菸，但走道、客廳、沙發上，全都被他長年的菸氣包圍，只要走過，便會沾染。

於是，十年下來，我幾乎能馬上分辨得出來那些不同品牌的菸味，黃長壽、七星、駱駝……多半是這些尼古丁含量極高的粗菸。不煮牛肉的時候，父親幾乎不曾離開香菸。就算菸味引我無數次抱怨、過敏，父親也依然在各個角落抽著，以為斷續的菸味不會飄散進薄木隔間之外，但那些灰白的菸灰仍充滿屋中，成為我記憶的落塵。在我的衣物、檯燈，和只放在櫃上才幾天的鞋窩，積下一層層的灰塵。

但在店裡的夜晚，即使我不間斷的流著鼻水和噴嚏，洗一次又一次的髮，我也努力對父親不提一句重話，只要父親待在這裡，這些不間斷的油煙與菸灰都可以忍受，因為這些，都比他在外面帶回的其他氣味溫柔。

那些氣味太濃太重，即使是我，仍無法細緻的一一分辨，只能隱約從中拼湊出父親消失的夜晚。九點關店後，他騎著機車往市區，汗漬未乾便走進了一間間冷氣房中，這些房間裡一定都昏暗並異常嘈雜，百家樂的機台旋轉著，機台前的人抽著各式菸草，只有在這裡時父親會嚼檳榔。

小時候我也曾被父親帶著去過幾次這些地方，出門後他會先繞到圓環附近一家老舊的檳榔攤，這裡沒有妙齡、短裙只微微掩臀的西施，而是一對年齡與父親相近的夫妻。父親與老闆最愛在路邊一根接著一根的抽菸，這時我總跟在老闆娘身旁，看她從冰箱拿出一盒盒丹紅色的石灰膏，我會離得很近嗅著石灰特有的香氣，第一次聞時覺得像是地下停車場內經年不散的濕地板味，但之後我卻極愛這股味道。那不是任何一種食物會有的味，也絕不會被做成任何一種香氛的味道，但在老闆娘拿著比果醬抹刀更薄些的小刀將石灰膏切作一塊塊小方型，包進剖半的檳榔果實時，我還是會離得很近很深的呼吸著那氣味，這樣的行程，會持續直到父親抽完半包菸再帶我離開。按照記憶地圖索驥，父親會接著走進一家家遊戲店中。他偷帶著我出行的那幾年，柏青哥店仍未全被查封倒閉，父親會任選其中一間，握著一大把顆顆小巧鐵亮的珠子投進滾出。那時，我尚未懂事，會用不到他掌寬一半的手掌抓起大把鋼珠，再放開五指，銀珠便從手掌間傾洩而出。最後，幫父親搬著一盒盒的珠子倒進機器裡計算數量，那時的我從未記得抬頭，若是曾抬頭觀望，大概就不會錯失父親不斷掏出五百一千的鈔票，直至用盡的專注眼神。

懂事前，我只關心最後那鋼珠數量能換來的各式玩具，也不能真正明白母親對我帶回的、父親換得的那些手錶、玩偶、鈦手環的淡漠。那些東西，每隔一段時間，會被她掃進回收袋中，而我幾乎無法追回。

懂事，不知是從何開始的事，就這樣忽然間都懂了。懂得鋼珠與錢，到底誰輕誰重，懂得母親的眼神。後來，我不再與父親一同出門，但憑著記憶，憑著氣味，從他身上石灰、菸草、各式吃食的氣味，我就能如虛擬實境一般的還原他的夜晚。

母親曾經跟我說：「他離不開那些遊戲店的。」

她不知在哪本週刊雜誌裡讀到，那些遊戲店都會在冷氣風口處混入帶有安非他命成分的粉末，在菸和人聲的混雜中無人察覺，只日久成癮，一再光顧便能解癮。

我至今也不知道，那些店裡的冷氣風口處是否有不知名飛末飄散，也沒有心思證實，但我心中卻能確信父親的癮與這些無關。

我的呼吸道變得很糟。過敏時會腫到無法呼吸，菸味重時還會心悸。中醫生給我做了幾次呼吸療法，用不知名的草藥在罐裡燜燒著，讓我一口一口吸進，大力咳出，但病情更重了。或許是那些草藥聞起來像極父親燉煮牛肋時所一起熬煮的藥包，於是使那些以前只能斷續聞到的味道更加完整。

這樣的症狀，連在百貨公司樓層間也無解，我無法在光潔的地面和名家設計的櫥窗前得到平靜，水氧機噴的精油也不管用，不管何時皆無法擺脫的氣味逼著我背離舊時尋覓的道路反向前進。回家的路，變得極遠。

但也許家與過去，本來就與所有的當下相逆，與我也相逆。

## *這一個十年

二十歲後的我，待過了一些城市、別的國家，讀了更久的書，寫了更多的字。

在這十年的中後段，我也曾在編輯這個職稱中耗了一陣子。某次在一間老出版社負責人作東的飯局上，列席的人都誇獎這間他選的老餐館，菜是難得的順口。老負責人談起他也認識多年的大廚，只淡淡笑著說，他認識的好廚子多半有個壞習慣，邊說邊用兩隻手指夾起什麼般的放到桌面，就像賭博下注的手勢。我在插不上嘴的午宴裡，忽然端正凝神的聽進他說話。他說，除了午餐、晚餐幾個小時的忙碌外，廚子們的漫長一日，總要找個樂子消磨。於是時間被賭光了，薪水和家庭也是。

大概因為煮和賭這兩個字，唸起來有些相像吧，它們也是我父親最擅長的兩件事。

在還沒有水逆這說法出來橫行於世的幾年裡，也有過那些極端低潮的日子。那時我嗅聞著租賃的學生公寓裡混合著冷氣和其他室友香水的餘味，牆角堆高的過期雜誌比人身還高、衣櫃裡依顏色懸掛著的幾件衣裙敲打著我和生活，如果沒記錯的話錢包只剩下五十二塊。我對忽然的貧窮，也不陌生，當父親一晚就花去一天的營收，一彈指就是成千的鈔票時，我卻只能挖著十塊、五十塊的零錢，繳出車費、午餐的支出。

我不跟母親，當然也不跟父親開口，因為那幾年裡的我，真切的想過什麼都不要的走。把制服、油煙氣味、二樓木板門裡父親跟另一個家裡總在沙發上酣睡的母親，全都留在那裡。這樣，我就可以開始穿純白而輕薄紗質的衣服，不再怕油漬染黃，不再兩處奔波，也不會因為對菸味過敏而失眠。

走得還不夠遠，被夢和記憶追回。我在生活中，幾度夢見自己尋找父親，卻是更老的父親。我回到牛肉麵店所在的小鎮，原色應該接近純白的牆面，被近山小城的雨水和濕氣澆淋得灰黃，所有的牆面都如此，變成了夢裡店門外的唯一色彩。在夢裡，我清楚的聞見下雨時不知緣故總帶著的鐵鏽氣味，那陣子我確實也在新聞看見，這城區的雨酸度是全國最高，只介於醋和番茄醬汁的中間。當我更靠近店門記憶中的位置時，卻只看到陳年的鐵捲門拉到底部，印象中的白鐵煮麵台和光陽舊一百都消失形跡。我再三比對地址並無任何差錯，父親果然已逃離得更遠，我往前更靠近鐵捲門，吃力的把信件投遞孔用力掀起，傳來陣陣灰敗無人的氣味，油煙已然散盡，不管是多膩人多厚重的地方只要空了，氣味最終都會散去。

然後、我才會聽見鄰居對話的聲音覆蓋一切，然後、我才會轉身看見地上的檳榔汁印，接著有個很老的男人轉身上了一座樓梯，我從右邊巷口追進。我跟著他，他吃力走上公寓的三樓邊間，從房裡的菸和塵味，我知道他是我父親。沒有人在他身邊，沒有母親、沒有爺爺奶奶叔叔了，他在夢裡忽然向我轉身，懷裡抱著個娃娃。他變得太老，我認不得，但他低頭對著那娃娃開始說話。在他說話前，夢裡的天空忽然收縮，我閉上眼睛再張開後看到了灰白色的天花板，即使是在霧霾色不真實的夢中，我忽然知道我是誰了，知道了那是誰的家。

在一片黑暗的租屋中，夢醒爬起。我被夢追回，或許更像是追殺。黑暗中似乎父親在對我開口，輕聲說，不要害怕，這是我們的家。

我想有一個家。

在這一個十年的尾聲，我知道我再走不遠了，可以不在，但不走了。

*

現在的父親總是笑著，雖然年輕時酷似明星的挺拔和英氣，被廚房的油煙燻得連輪廓都不得見了。但我總算想起，小時候我每次努力找到他時，告訴自己的話：「長大後我要帶他走。」

走去一個不用待在廚房裡、離賭桌遠遠的地方，讓他不分心地看看自己的女兒、看看他賭輸的歲月。

時間沉默著，我羞愧的長大了，還沒有實現自己二十歲的諾言，偶爾還被世界逼得更蒼白無力。我不知道父親在下一個十年來臨之前，是否很快就會揮不動鏟子、找不到任何賭籌，我怕我終究無法帶他離開任何地方。

但在他變得那麼老之前，在我有限的年輕裡，我將不去任何遠方，在他身邊記住他給我做的每道料理，記住他與我的下個十年。

# 沒有盡頭的事

「Dear X：

今年七月 Blur 要在香港開演唱會了，你是否買好了機票，飛去住在一處幾十層高的飯店大樓裡，等待他們開唱？

不知道你是否還喜歡他們現在的歌？

像是沒盡頭的夏日又開始了，這城市動輒三十五度以上的悶熱潮濕，你還被困在這嗎？還是結束了苦讀遷往另一片海洋連結的城市裡，帶著不多的行李和回憶片段。近年，我已不再那麼怕熱了，即使在正中午閃躲於樓與樓屋影下時還是汗濕了身，卻不再臭臉結帳、對話，我已知曉對付夏日最好的方法，是帶著很多很多的空白走過它。

我曾答應過你，不再給你寫信，後來卻成了不再給任何人寫信。那時總覺得文字有它觸碰不及的地方，話語也是，有些地方要粗暴的跨越，像是狠狠的抱緊一個人，拉住他的手到感覺疼痛。後來，我打開一些長信，無能去回應，甚至被那些文字推到一個最無力痠軟的角落，只好回一些言語意義不清的話。能好好以書信對話的人，可能上天下地還是只有你一個，這樣一些年月都過去了，我終於還是又開始給你寫信，用著你叫我不要總是那麼感性、只憑感覺的感覺去寫，畢竟都過去這些年了，我不想再對自己如此嚴格。

記憶中，你最討厭看小說和散文，卻擅長讀著其他艱澀至深的課本、程式語言書籍。我則還是一樣，像你笑過的百無一用是書生那樣的繼續念著沒有盡頭的書，因為我並不怕沒有盡頭的事。這些日子，我讀過了一本又一本太深刻的小說和散文，寄給你過一本，並沒有附上任何信件，像我承諾過的那樣。只偷偷把我在讀時起過雞皮疙瘩的那幾頁不重的摺起，想你也許根本沒翻開它們。我偶爾會輾轉看見你拍的照片，光影中有一種很黑很深的質地，在那女孩的背影、貓咪們的爪間流轉，那些質地讓我隔著照片看見了你，那確實是沒變的你。」

去年初，聽說你也去了北海道，我和母親相約，在大雪後也踏上了那片幾乎全是魚鱗銀白的山路。大雪封山，無法再往前行走，我在幾乎被雪包藏住的支笏湖畔，周圍剛被推雪車推開的昨夜殘雪，差不多有兩個人身那麼高的冰雪中，發現了一棵相信你也曾拍下的樹。葉片全凋，但枝節實在飛揚張狂極了，那麼一株高而傲氣的樹，在你的老萊卡相機裡，洗出了讓心裡迷醉讓人心崩潰的光影，就跟前面那封信一樣。

但那封信，卻沒有寄給任何人，它只不過是一次雜誌的邀稿。

前兩年，我研究所剛畢業沒多久，才進去一間以教科書聞名的老出版社，那時的我，認為寫作是一種逃難似的救贖。沒多久，出了第一本書，年輕的我和其他年輕人沒什麼不同，總把萬事想得過於崇高。幾年後的現在，我再打開這封信，也閃著彷彿聖母一般的刺眼光輝。回望寫作，不知何時，生活中如我當初預期的，已全是大大小小的寫作。寫採訪、寫劇本、寫心靈雞湯文章、寫專欄，我沒有成為什麼字字珠璣的名作家，一字怎麼也翻不過兩塊，轉身又再回去了學院。花上敲打著幾十萬字的時間，我終於明白，寫作不過是一種奢侈，是最不值錢的昂貴事。

我打開檔案，繼續把信默讀完：

一路、不只這一路，我所寫的字句一定還纏著許多年前我的心情。絮絮叨叨的攢下很多不足道的微物心情寫著，不能說我不再存有期盼，我有的。

我仍期盼你已飛往很遠的地方，在時差剛好十三小時的地方醒來、生活，別再待在這座城市。我期盼我們隔著世界，而不是在同一座城裡被世界隔著。

一語成讖，現在的我們分開在世界兩端。

但我已不如自己預期的再繼續寫信給你，甚至有一天，當我想再想起你時，我要花上很多力氣才能想到所有細節。曾經我想，為後來的你我，寫一篇文章，告別似的、彆彆扭扭的那種。現在終於有時間了，卻苦思不出我還有什麼未完的話想與你說，想說的話都已完結了。只好來說說，之後的我吧。

Dear X，或是 Dear P、Dear H，誰都好，若是有興趣就留下來看一會兒，沒興趣就翻過書頁，看下一篇也沒關係的。

沒盡頭的夏天，終於又一年的結束了，還記得去年仍待在老出版社的我，十一月走在附近的錦州街上時，狠狠的告訴過自己，一定要記住這一天。十一月二十二日，熱到出汗穿不住薄長袖的冬天。每個人都在說，夏天越來越長了，往年一定不會十一月底還熱得冒汗，我卻不信，只逼自己要記住這一天，等到明年再來驗證是不是真的還那麼熱。

過了今年的十一月二十二日後好幾天，我還沒有想起這件事，冬天就忽然真正的來了。這一年多，我結束博士班的休學，自以為紅塵滾過一圈，回到了學院。去到南方的、陌生的、美好又炎熱的校園。換了份工作，半 soho 式的，讓我終於在北方與南方間找到空隙穿越。穿越書本、穿越戀人、穿越不同的文字，去了幾趟不同的國家，還曾在你狂戀好些年頭的巴黎，做些你做過的事。

那年的你和高中同窗，為了慶祝他醫學院畢業，你也剛好研究所畢業，去了歐洲一個月。那年，智慧型手機還沒有那麼智慧，你每天會借旅館網路寫長長的信給我。長信真的太長，我從未有一天耐著性子讀完。

你說，橘園美術館比大英博物館跟羅浮宮都美。

你說，你在羅浮宮那玻璃金字塔不遠處找到一間好吃極了的小館。

你還跟我說，有一晚看了 Crazy Horse Show，興奮到整夜沒睡寫信給我。

後來的我在橘園待了一整個下午，就看著那幾幅巨型睡蓮，和那架純白的史坦威鋼琴。一對日本夫妻在旁，雙手交疊、幾無對談，我們三個就這樣並肩坐看了一下午，直到休館。那家好吃極了的小館子卻沒多好吃，我只好在回民宿前買了盒你也帶回來給我過的巧克力，囫圇的把二十歐一口氣吃完，吃得我心裡的你終於跟著發膩。看完瘋馬秀的那晚，我把紀念T恤當成睡衣，決定明天再買好幾盒巧克力，回台灣把它當成廉價巧克力請全公司的人吃。

如果我只寫到這，也許那次的旅行就能成為一種儀式，把告別鎖在高高祭台上，成為一篇文章的靈魂。但是，事情卻不是這樣，我再也不能把每件都寫得那麼美好崇高。

我和現在的男友衝進春天百貨，花兩歐上一次廁所的時候；我們因為看不懂法文，在餐廳點到一盤全生牛肉時候；清早在巴黎的露台上做愛時，都沒有想起你，只在寫這篇文章時，勉強把一些巴黎回憶也分給你。

但那封信，仍然是真的。至少我沒有試著以文字說謊，最多只是彎彎繞繞走遠一些，卻絕無謊話。北海道的你還在我心裡，有支笏湖的滿天大雪，有小樽滿是觀光客的運河，有你的相機，和為你寫過的字。

那時，我正重讀鍾曉陽的《哀傷紀》，私心以為自己也能一生只愛一個人。就像鍾曉陽給潘越雲寫的歌詞裡說的：「紅顏若是只為一段情，就讓一生只為這段情；一生只愛一個人，一世只懷一種愁。」但我不是鍾曉陽，生活也沒哀傷成小說，文字大概也沒好到能成為歌詞。

每一次的生離，都有一段磨人心志的時間。那時，我一直相信自己打下的每一個字都會發出聲音，按下去的時候彈起，會直接彈在心上。而且，只有在寫你的時候會這樣。我不寫詩，十年裡唯一寫過的爛詩一首，就是寫你。所以我更相信了，寫你可以沒有保留、可以充滿遺憾，但是忘記了，其實是因為沒有遺憾的感情沒有什麼好寫。

把你買的巧克力品牌變成我私人推薦給其他人的。把 Blur 和所有你勸我聽過的樂團，變成自己頁面上的喜愛樂團，然後再聽膩他們。後來，我更喜歡 Broken Bells 和 Sonic Youth，還有羅素紅。就像後來，巴黎是我自己一個人的、音樂和人生也是。和母親一樣，每個聽說她離婚帶大我的人，都以為她和父親死生不再往來。但是早在很多年前，她就能跟他一起同桌吃飯，把他當作一個不痛不癢的傢伙。沒有愛也沒有恨，我相信是如此的，因為我再也沒從她的眼睛裡真正看見過他。而這離那場大火般摧毀她一生積蓄、青春與美麗的分離，不到十年。

就像我曾載著朋友C騎著機車，滿城穿梭，只為陪路癡的她憑記憶找到前男友的公司，親手送上一份他最愛的烤布蕾，說一句：「再試試看，好嗎？」機車後座的她，那時流了滿臉的淚，但不管是淚水還是哭聲全都被風帶得很遠。比起許多我自己的事，都記得更清楚，那一晚，烤布蕾送出去了，但我和她從未再看過那男人。不過兩年，朋友C在她的婚禮上緊張到哭泣，在笑與哭中，她回頭跟我說：她的心，像此生第一次真正在震動一樣。

母親與朋友C都如此，我更是如此，人皆如此。

沒有什麼情深，沒有盡頭。

「Dear X：

當我想再寫信給你時，卻只能煩惱沒有合適的美好字彙可以包裝了。

在另一端的你和女孩一切都好嗎？記得在我腦中，你曾說過你想要離開這座島，過另一種生活。那時的我，和現在的我，都不明白什麼是另一種生活。大約是因為我還沒有弄清楚，究竟我們原本擁有的又是什麼生活？

不知你是否還在四處攝影、是否還癡戀那些昂貴無用的牛仔褲品牌？

也不知道你是否曾經和我一樣可惜，一起去過的地方，都和其他人去遍了。一起吃過的那些餐廳，不是倒了就是膩了。你送我的包包，看起來已經不像當初那麼新，背出去時，還怕人覺得我這年紀背它有些幼稚。我送你的鞋，也應該早穿了底、破了頭。

那就這樣吧。

我已經走到了回放功能的極限，再往前追，就不一定是真實的事了。

但我仍然有不變的地方，讀著書、寫著字，持續做那些身旁的人早已換了一批又一批的事。而且，我將繼續往下，因為我還是不怕沒有盡頭的事，我喜歡沒有盡頭的事。

我怕的是所有事，很快的都將前所未有的清晰，像你我一樣。

會有盡頭。」

# 歧路

我身邊的路癡朋友不知有多少，百合尤其是。

從初見算起已二十年。

二十年裡，我沒搬過家，我們共享同一個學區、同一條便當街、同一個郵遞區號，她卻從未憑記憶到達過我家。無論是以小吃攤位為地圖，或是我帶她走了不下百次，她都只能傻笑著撥通電話叫我去某個街口找她。

幸運的是，許多年後，百合已經沒有這般昏癡於方位的困擾，不再因為日色變幻而影響她所剩無幾的方向感。百合一路往北，求學、求職，最後停在了台北，清晨與黃昏只須走進捷運，站名與站名之間，沒有方位，只有前後。百合和我說，這讓她感到安心，不像是故鄉台中這幾年來不見天日的文心路，高架捷運的落成似已遙遙無期，遙遙無期卻也是好的，至少相比十八歲的我們早已後會無期來說，溫暖一些。

總是這樣的，我是一個擅長於聽和記憶的朋友，不論對百合或是其他人，但我並不想要。我不想要只是在麥當勞裡的每次閒聊，邊吃著蘋果派喝著熱可可時，聽見旁人姊姊的星座、某人畢業的高中校名，這些微末枝節，跟任何話題都不相關的事，都鑽進我心底，揮之不去。即便是每當有人問起時，我總能透過無意識的回答，轉身賦予了自己一種驚壞他人的超能力。但說穿了，它真不是什麼超能力，我卻彷彿也懂了一點反派超能英雄心中那種不被祝福的哀傷。

記得的事太多太雜，許多夜裡我被文字凌駕、被所有回憶包裹，不知是我的或百合的，它們像暗網一樣張開，把人留下，留在早已過去的當下。即使我再明白不過，總有些記憶，比其他更加深刻，成為一頁細明黑字裡最深的墨色。

像是那一年。

那一年，百合要離職了，而我換了一份新工作，我記得這兩件事在同一個月裡發生。而這一個月裡，我打開記憶體，還發生了許多其他瑣碎卻不知怎麼也被記住的事，像是：百合的告別單身趴那晚，我瞄到她在廁所晃行時一閃而過那雪白而脆弱的腳踝、我買下某件棕黑格紋毛呢洋裝聽見店員說她的牙套快拆了、過去常吃的一間台中的手打烏龍麵在台北開了分店……還有在寢具店抱了一個鬆軟到不敢相信的枕頭，售價也是不敢相信。這些事情，紛雜的摻在生活的大事紀中，讓我的腦子成為了編年編月編日的體裁，無法紀傳式的只調出某人某事，因此，當我回到那年，卻怎麼也無法把目光專注的放在百合身上，忘記了與她好好告別。

就像那些因為戰爭或昏君無道而被分作兩半的朝代，前二十年，就是我和百合的盛世時光。那時的我們是北宋、是中唐、是西漢，我們瘋狂而目中無人，擁有一整片太平盛世。後二十年，我和百合還沒走完，但總需要一件大事來完結前半葉，歷史課本裡都是這樣說的，《甄嬛傳》裡也是這樣演的。於是，就像甄嬛以為果郡王死了的那天一樣，沒和百合商討，我私心把我們搬來台北那年，那一場沒說好的北遷，定為了一場我們紀年裡的動亂，說亂，卻也不爭氣的沒亂過那些世紀末裡的前輩們。漢唐若不可追，那便不追了。

搬來台北後的日子，我最厭惡別人問起：台北人是不是都如何如何？厭惡極了「台北人」這詞，或是聽見誰說誰真是「台北人」。總會好奇究竟是什麼人？在我心中，為人分類實是老套，畢竟就連以男女分類都有些落伍了。說什麼台北人、天龍人、古竜人的，都似上一代的事了，這就好像拿明朝的劍，斬清朝的官一樣鬧人。於是，當我每次回鄉見老友，總要準備好一串回答應付：台北沒有比較冷、我沒有變瘦、我沒有比較愛化妝，我以前妝才濃、我沒有夜夜笙歌，我都十二點準時睡覺，除非追劇。百合若是聽到我抱怨起這些，又會叫我不要總是那麼認真，但這就是我和百合根本上的不同，我記路認路、我記事記時，我該死的認真。

我就像波赫士一樣，虛構編寫了一套存在於虛空中的《天朝仁學廣覽》，並且朗朗宣告於世，卻沒辦法迷惑住我世界中的傅科，我的真實裡沒有傅科。我就像那些偏安一隅的憂王、殤王，執著於用自己的眼光看待時間與時間的流過。世界本來就無法被分類、濃縮，世界終究無法科幻。

百合，當然不是真名，但意外的比起真名更適合她。除了記憶力外，我想我還隱藏著為事物命名與預言的天賦，只是目前只在她身上應驗過而已。在我和百合的後半葉裡，百合經常告誡著我：「認真就輸了。」我想那是因為她再清楚不過我的認真簡直較真，甚至早在我發現自己的較真之前，她就清清冷冷的把一切收在眼底。百合就是這樣的，是沒有什麼香氣的花，開得碩大卻不惹眼，她像是老電影裡的女明星，個個都風華絕代，也個個都身影黑白，差不多模樣。

我認真的生活與記憶，縱然有些我並不想要，也認真的唱歌和看電影，卻開始逐漸忘記一些與百合聽過的歌曲。記憶中，若沒錯記，應該也難錯記，百合的聲線低低，像是深夜被旋轉到最小音量的廣播老歌，那樣婉轉低語，不像唱著，而是說著。

那一年的開始，閃閃發著光，是真正寶石般的光芒。因我曾陪她走過無數折扣季前的百貨樓面，我們評比了聽說是 Angelababy 結婚時戴的那顆冠冕鑽戒、試戴了C牌的如熟穗環繞般鑲嵌的方鑽，甚至是戒台高到不像話店員也不愛說話的HW牌，都一一走過、輕輕戴過。為著百合在另一座城市的男友，把一環環戒指，套進她關節幼細埋著青色血管的手指。她的手與腕遍布著石灰藍的血管，在她白玉般、沒有泛出絲毫黃色的肌膚之下，就像一種玉髓生長的痕跡。

和我不同，關於從前的事，她總說記不得了，每當那時我就會停止回憶，陪她一起忘記。後來，週年慶的季節結束了，百合的男友卻帶了一顆 TIFFANY 的小小鑽石來找她。那剛好是我們從未踏進的店，TIFFANY 藍色禮物盒繫上純白緞帶，但也就僅此而已。百合與我都為那顆石頭一起歡呼，那麼多季的挑選，都及不上一個男人真正地對她說，跟我走吧。

但究竟，那時藏在音樂與氣球之中、壓在喧鬧的男方親友聲中，他說的是跟我走，還是一起走呢？

我重複播放影片的前後，全都被雜音堵得毫不透氣。不管怎麼走，百合反正都得要走。在我沒有特意說些什麼、送些什麼的一個下午，我坐在辦公室裡開冗長會議，被冷氣吹得幾乎枯萎，她坐了很久很久的車，離開這一年，搬到了台東。

那一年，她搬去台東和愛的男人一起生活，存夠了錢，就要在那裡開一間民宿，她這麼告訴我。那一年之後，我還是繼續戀愛，與同一個人、不同的人、全新的人。編年編月編日的輸入進每一天的生活，偶爾百合傳來消息，我也就將它輸入進記憶，讓這樣幾乎毫無交集的比對，生出許多趣味。

不過隔年的事，我升上了博士班，在某個春天的週一，例行坐在南下長途火車呼呼大睡到掛著口水的早晨，接到她傳來一張跟婚戒差不多大小的黑點照片。我走進系上，因著人人都開始喊我學姊還不太習慣時，才終於意會過來，那是百合的寶寶。

寶寶出現後的時間，不再是同一種生命時間，時間史的軌跡開始狂奔，當百合在歐洲過著她的 babymoon，我剛好來到曼谷參加研討會，當我為著餐餐都能配上冬蔭功湯而開心時，她正因為看到午餐的海鮮而差點孕吐在義大利卡布里島的藍洞之中。而我在台上等待他人講評結束的幾個片刻，不停想起她的婚禮。

婚禮在一座山腰的老飯店舉行，吹著焚風的平原，更像另一個國境。前一晚，我陪百合一起住在了飯店提供的套房，拿出壓箱的面膜敷著、奢侈的把所有安瓶都打開做一次很深度的按摩，隔天的捧花灑了點水冰在冰箱，有繡球、玫瑰、芍藥卻沒有百合。百合站在山邊，沒有半點市光的山景邊，那夜也剛好沒有半點星光，大概只剩眼前貼著E牌銀光色面膜的她，在夜裡發亮。她說許多年前，她曾經跟我說一定要出國留學，所以她才念了外文。就像許多年前，我跟她說，也只跟她說了，我想成為一個能一直寫下去的人。她問我還記得嗎？我沒有回答。那一夜裡說的話，我們就留在那一夜。但我確知並不是從那一晚開始，我們走上歧路，而是在很早很早之前，在那一晚、那一年之前，就開始的事。

婚禮非常順利，那一天我們的肌膚在照片裡幾近反光，應該是因為被用個精光的安瓶與面膜。時間不會在某個光點停留，就像宇宙中不會有某一個光年長過其他。時間仍然，繼續在走。研討會結束鈴響，我和同伴們退出會場，百合的產期也漸漸近了，這是這一年裡，發生的事。我平穩記下。

百合剖腹產的那一週，台東正吹著焚風，我走進月子中心的自動門裡時，被冷氣刮痛臉皮時。才忽然想起，這是我婚禮後第一次見到她。我提著從台北車站買來怕退冰的燕窩，從沒想過再見之時，百合已是他鄉人母。

當我還在夜裡修改論文、在夜裡讀詩，我的夜晚仍然具有某種曲折的迷幻魔力時。百合卻必須在夜裡起身，擠出母乳、哄睡嬰兒。我知道，夜晚的魔力終會衰退，就如同那些作家開始規律早起、成了人妻與人母。天涯海角之中，我也再找不到曾經能把魔力放大到開出平行時空的他們了，而我也同時知曉了縱然我們擁有的只不過微末魔力，也終會消亡衰退。

我們終會成了身軀無光、遇水濕身、嗓音頹敗說著渾話的凡人。忘記了曾經玻璃般的身子，如佛經裡說的那樣浸於水中而不沾身，任一切光華萎謝。天人衰落成凡人，只有時間的快慢之分，無人倖免。

百合躺在月子中心的大床上，泛著一股奶和血的味道，我抱著百合的女孩，百合的丈夫收了一些衣物回家清洗，我想開口說些什麼時，卻沒有任何詞彙，但此時一切，如此美好。百合前所未有的盛放著，不再是那種綑成花束剪去多餘枝葉的脆弱樣貌了。她成為了山林間的百合花叢，成為沒有蓮花座、神仙光暈的凡人，卻是最好的凡人，最好的百合。

送完禮後的我沒有久留，只是問了百合回去車站有沒有更快的路，百合笑了開來，說她還是幫我叫一台計程車好了。我才想起，她一直是個路癡。曾經，我們一起去老城旅行，那時年輕從未去過那，偏偏那老城多巷弄，當我也被繞得頭暈時，百合總會挺身而出。歧路該怎麼走？她總狠狠的對我說：直走！

即便她分不清東西南北，但她始終相信直走終會遇見什麼，於是她一路直行，下了山頭，而我仍在原地等著。等什麼呢?也許是等夜色清朗，等星位指引，等滿山的人都走盡，等山谷說話，或只是等待山嵐湧起。記憶中，那座老城多霧，就像後來的電影 *Clouds of Sils Maria* 裡，當小鎮馬洛亞要變天前，總會有雲霧順著山的腰線如蛇般迅速升起，遮去來路，蛇樣的蓋過每座山頭，這是著名的「馬洛亞之蛇」。而那座我們迷離難行的山城，也像是被一大片山嵐吞進，石梯濕滑，霧不斷湧過腳間。那樣的霧，足夠讓我一路追尋。

山下百合，山頂的我，就是現在的我們，也是我所遇見過最好的我們了。

走之前，我回頭問她：「妳還記得我們，第一次旅行，去了哪裡嗎？」

百合苦思後說：「我都不記得了。」

我回答她：「我也是。」

平原的正午只有焚風，怎麼都升不起一陣霧氣，我在往北的列車中，無法選擇，一路直行。

# 寫妳

有時候，我會因為聽到一首歌而忍不住把自己深深放進捷運上的椅子，試圖把自己埋在人潮更深的地方，想偷到一些人和人的間隙，埋進我多出的情緒。即使我知曉不能永遠待在捷運的椅子裡、即使不管忽然冒出哪一張臉指責我真是膽小自私時，都無法耽誤我下車、我人生。

我一直在找一句話，形容「之後的人生」，好知道我該怎麼寫、妳該怎麼活。我還沒找到那句話，但唯一的結論是，妳我都不能把之後的人生叫做餘生，餘生不該是這樣的。

夏天剛開始的時候，我回家了一趟，媽媽在打包行李，打包這三十年來，無論我飛到哪裡，都伸出條絲線綁住我的地方。媽媽一手把我帶大，一手指的是，只憑她一個人的手，從沒有別人對她伸出過雙手。她就是那種一生裡最大的運氣只是中個尾牙陸獎的人，而成堆的安慰獎她也只是任憑它們在家中四散。我們開始忙著搬家，忙著整理她不知道哪年抽獎得到的果汁杯、烤箱和保溫瓶，她忙著帶我走，就像我忙著帶她走一樣，急著帶對方走出這個家的三十年。

故事的開始，我不在場，但總之後來媽媽沒有了丈夫，但中間也曾有過情人，在我不知道的時間裡，他們決定一起走接下來的路，又在我不知道的時間裡，他們決定把一路，變成一段。這三十年，是三十箱的行李都收不完的夜晚和話語，有許多次，真的是許多次，我開口想問這三十年，或這六十年，她過得好嗎？但我不在家裡，不在她愛過的青春裡。

開始打包的下午，她切開裂紋極多的哈密瓜，剖開去子，這卻是一顆絲毫不甜的哈密瓜，她手都沒洗的繼續搬出陳年囤積的雜物，發現了這樣一個盒子。盒子裡全是Ａ４紙，印著密密麻麻的字，比哈密瓜的紋路還要深和密集。她不說我也知道，人類只和最親密的人說那麼多的話、打那麼多的字，但是她偏偏要說，她不像我、不像你們，只敢縮進捷運的位置裡，她簡簡單單的告訴我，笑著但不是強顏歡笑，告訴我：「妳知道這些是什麼嗎？是我和他寫過的所有 email。」一整個下午的她，專注的一行一行、一張一張，看完便細細的撕掉，細細的壓進回收箱裡。我還是忍不住問她，為什麼要把 email 印出來？它已經是 email 了，打開電腦登入郵箱，只要不按下刪除，就能不錯頁、不泛黃的躺在那裡。有時候我覺得跟她相比，我所謂的堅強，都不足夠強。她說那一箱、真真實實的一大箱情書都是想要以後老了，留著和他一起看的。「情書」、「老了」、「以後」、「和他」，她把我這一生從未開口過情話般的字眼一句句湊齊，而我在她的不停撕紙的指間和整張微微下垂的月亮臉頰裡，沒有讀到任何一點不堪。那個下午，我吃了半顆哈密瓜，陪她撕完所有的紙，再跑下樓一次丟進回收車。不只這些，這下午我憋了一肚子的水，捨不得去上廁所，因為我想知道人能承載的回憶片段，總共是幾十萬字、幾千次對方的名字？

不論是幾十萬、幾百萬個字，上千句對方的名字都好，所有的不堪都只會跟某一個名字有關。那一個名字變成了你的坎，變成了你渡不了的劫，但我怕她的一生裡，卻有太多的劫。

長達一個月的打包，我每週回去幾天幫她，後來，變成了我們長達一個月的爭吵，雖然在我成長、她變老的過程裡，我們最不欠缺的就是爭吵。她是一個好人，但大概不是一個好媽媽，從父親背棄她的那年，我就感覺到她的丕變，她不再留長髮，那一頭波浪翻成雲海一樣的美麗長髮，在帳單、欠款跟我考上的私立學校學費單裡，變得乾黃、分岔，她的保養品從雅詩蘭黛、倩碧變成了開架再變成了購物台裡跟大品牌總會只差一字半音不同的奇怪品牌。所以我不明白我該怎麼怪她，該怎麼怪她對我的一切責問、刁難，無法出口只能逃離，但這麼多年來我還是慶幸著，她始終還是一個好人。

書房是整個家裡最亂的地方，有一台中毒的電腦、無數箱不知道哪一年堆放進去的紀念品、資料箱，我懼怕這書房和那些資料箱，害怕她又從裡面搬出哪一人的情書、哪一段的照片。書架上是一套的字典，和她從沒翻過的《年羹堯新傳》，幾本《京華煙雲》，那整架的書藏在我不敢跨越的箱和箱之後，所以也變成了我全無興趣的書目。我也曾想就這樣相安無事的把它們丟在那一輩子吧，但沒有什麼事能篤定一輩子，我們為了走下去，必須回頭把一段段從前收拾乾淨，情書就只一箱，還好沒再遇到其他。好像還有一箱書法用具，宣紙已一碰就脆裂成絮、墨汁已乾，習到一半的字帖，我認得出是父親的字，這箱可以直接丟掉，她對我說。在她帶走了幾十箱的保溫杯、回收紙袋、泛黃的Ａ４列印紙，甚至還有好幾盒已無處用的三．五磁片後，卻能對我說把狼毫、胎毛筆、端硯通通丟棄，這就是她所擁有的勇氣。我被她的勇敢震驚得七零八落，打開社區的垃圾筒，書法箱落進去，發出咚咚咚的巨響，我聽出這也是她的劫，是她第一個劫。

我似乎還沒訴說我懼怕書房的原因，大約三四年前，我總習慣在夜裡看影集、聽歌、泡一杯濃茶，駝著背抱著筆電坐在沙發上。有一晚，我在空氣中，聽見啪達達的輕微聲響，就像某一年我和愛人在北方城市裡每次牽手前的小小電流撞擊聲，大概比那還小聲些。被回憶觸動的我回頭，卻看見一隻碩圓的蟑螂騰起，在書房前不穩的滑翔、飛行，我從小就怕蟑螂，曾經夜歸在門口看見一隻蟑螂倒臥，而一直打手機吵醒媽媽，只為了要她把那屍體拿開。那一晚，只有我一人在家，對牠幾乎噴光了半瓶殺蟲劑、噴到我自己也微微暈眩時，我看見牠轉頭逃進書房成堆的文件箱中，鑽進箱和箱之間，我也撐不住睡意的睡去。她隔天回家，被家裡濃濃的殺蟲劑味嚇到，將門窗大開，她一直認為我那天昏睡到下午是因為已小小的中毒了。從此後，我幾乎不再進書房，更何況那一整座書房，就像是母親的人生儲物間，與我無關。

這一年的夏天，又比前幾年的夏天更炎熱、更不耐一些，記憶中，也有過一段這樣的夏天。大約是高中時的某一段暑假，她沒交代太多、太細，只留下信封袋裡十幾張的千元大鈔，和簡單的囑咐，飛去了她壓根沒想過的美國西岸，找情書叔叔。媽媽的勇敢，總是超出我的想像界限，她連他的英文名字都說不標準，所有的英文字母都似天書，但她有勇氣，用我的話就是不要臉的勇氣，只憑勇氣她就能飄洋過海。一個月後，她帶著後來只放在D槽的十幾G相片回來，漁人碼頭、比佛利山、星光大道、舊金山大橋、Las Vegas，豪氣花完所有千元大鈔的我那時隱約閃過了她也無憾了的念頭，想來是一個不吉利的念頭，因為無憾也是一種完結。後來，情書叔叔回了台灣，卻不是為了母親，而是為著另一個說著流利英語、也信著上帝的年輕阿姨。但我猜，至少這一段沒有互相虧欠、沒有遺憾，母親她那麼勇敢，在和男人的故事中，我沒有看過她流任何一滴眼淚。

她所有的眼淚，都給了我。

如果命中有劫、劫有注定，那麼她最大最難渡的劫絕對是我。我是一個自私無比的女人，小時候，也是個自私的小孩。很多人的母親吃苦，總瞞著兒女，不想讓他們擔心、想讓他們的成長無憂。我的媽媽有勇卻無謀，每一件事她都瞞不過我，即使是夜裡睡著的我，耳朵也總是不會漏聽一字一句，但這卻沒有換來不忍。我的成長歲月裡，總是一邊堅強的為自己打算、一邊怪著她什麼都瞞不過我。我不曾走錯了道路，因我自私為己，又怎麼會願意賠上自己的人生？在我十幾歲的那近十年時間，我經常穿上校服出門，往等待校車的那路上走，在早餐店吃完早餐後，算好她出門的時間，回家倒頭大睡到中午，再在假單上隨便簽個她的名，坐上公車上學。用這裡多報一些、那裡多說一點的錢，買一切我想要卻不需要的美麗東西，即使我一直知道，她比別人的母親都更辛苦。那麼多年的酣睡、無所事事，睡過了我整段別人忙著戀愛、補習、社團的學生時期。母親也曾經因為這樣的我，這樣寧可倒在家中癡睡、自慰、不吃不喝，厭惡陽光、群體生活，卻也不幹其他壞事的我，哭著求我罵我打我，但我依然這樣的長大了。

「等我想要長大時，我就會長大了。」我這樣告訴哭著的她，而她總是聽不懂。

開始戀愛後的我，果然自己長大了，不再需要那麼多的睡眠，願意為了愛人曬太陽，為了愛人的一句話轉學、考研、拿獎金。她只差沒有去謝神拜佛，但只有我自己知道，也不是真的為了任何人，我所做的不為別人爽快，只是不給自己留退路而已。我不愧是母親的女兒，在不留退路這件事上，無畏無懼。後來的我，也曾因為沒有退路，吃藥、就醫、後悔莫及。那一年，媽媽會在我吃完藥後只有心悸卻仍不能成眠的晚上，輕撫癱在沙發上我腳踝的傷疤，棉花糖白的一道細長疤痕，提醒我們，許多年前的我就應該知道，要有所保留，不要做濃度那麼高的人、不要喝濃度那麼高的酒。

傷疤被摸時會很癢，透著薄薄的皮，很輕易的把搔癢傳到更底層的皮膚之下，我會忍不住的像被微弱電流電擊般的抽搐著腳皮。媽媽問：還記得那年嗎？

她不過是罵了我自私，罵我像父親一樣的自私後，我就在她面前肅著臉赤腳踢破一整面陽台玻璃，玻璃像水晶一樣四裂，有一道最尖的角劃開了我的腳踝，我坐在地上，她看到我純白的肉、骨白的底，然後才是血、很多的血，流滿了趾甲和腳底，流過瓷磚的線條，我只是指著她告訴她我不自私。她背著我走下五樓，送往急診，那一年，我十四歲，她已經四十七了。

搬家前一天，我拖著一些東西下樓丟棄，在二樓樓梯間塑膠袋破了一大口，我蹲在地上撿著東西，看見鐵杆下有好幾滴淡咖啡色的痕跡，想起母親說背著我下樓時，我沿路滴的血滴，有好些無論怎麼都擦不去。一樓階梯上，還有著我不知道哪時因為爛醉，嘔吐過後拭不乾淨的陰影，它們都留在洗石子灰的階梯上。丟掉最後幾大包垃圾，我全身汗濕的上樓，忘了帶鑰匙的我忽然像是用盡了所有力氣的坐在門口。我害怕開門後，看見那麼勇敢的母親，告訴我人生的不堪都會過去。我怕這樣的勇敢，會讓人把人生和她一樣過成餘生，我想要離開這裡，躲進一個被城市人潮覆蓋的車廂。

妳真的很勇敢，隔天搬家也很順利，我知道妳一個人指揮著搬家公司來來回回，把好的、不好的都運離舊家。終於，在今年夏天最悶熱的一個午後，妳一個人搬進了新家，勇敢地、和妳的前半生一樣。

# 相忘江湖

## 1. 她是雙魚座的女孩

她是會把平淡生活過得只剩下「生活」，而忘記了平淡的人。是那種離開她的時候你不會心痛的人，因為你總會想，我永遠不會真正離開她。但這樣想的人，都真正離開了她。

關於我和她，我想從那一次深深的擁抱開始說起。不從第一次見面，也不想寫太多之後一起的旅行和宿醉，就只從那一次擁抱說起，因為這是我的文字、我的她。

真正的擁抱總是會帶來疼痛，因為劇烈的愛或劇烈的其他。深冬的北方城市，電腦訊息閃著「妳不要太難過」這樣的留言。是我和她某次一起共眠的隔日，她在深深的呼吸中睡著，而我從那麼、那麼遠的地方被告知了生母的死亡，被死亡推倒在地，被它攻擊而哭泣。她睡醒後，我讓她跨越我的心，到達可以一起共享生老或病死的所在，她第一次收起溫柔的眼神，無比認真寧靜在聽。我有預期一個擁抱，但沒有預期那樣的擁抱，像暖洋海水潮汐、像靈魂被熨燙。當她這樣抱著我輕輕拍著我的背時，我想告訴她，其實已經沒事了，如果有一個他人願意體會你的傷心甚至比你傷心，還不夠嗎？

我其實總是寫她，她是所有故事裡都留下影子一閃而過的美麗女子，但不曾真正為她寫下專屬她的文字，真的可以寫下那麼美麗的文字嗎？真的有那樣帶著缺口但卻覺得完滿的文字嗎？一定是沒有的。但再不寫，青春將無以為記、我們很快的會被時光沖得更淡，沖出人魚的尾巴，沖離不可言說的靈魂共顫。

校園裡結霜的柏油路，她騎著低車身的小摺載我去買消夜，買一杯換算成新台幣要八、九十元的小杯奶茶。我屈著小腿與膝，盡可能的把腿抬離地面，盡可能的配合她流著薄汗的頸項努力的流出點汗，就好像可以一起生活。

我要叫她歐陽陽，現實生活中我從未這樣叫過她，但我喜歡這樣的甜膩，為什麼不能甜膩至極呢？我已經是可以被說太過甜美、或吃蜜糖土司時都能正氣十足的我了，是二·〇版本的我。而歐陽陽是我二·〇世代第一個深深擁抱的女人，充滿甜香，無法不去喜歡。

無法不鄭重的寫。

擁抱過後的一個月，異國麥當勞裡與台北街頭同樣的 CAFE 部，我們坐在人工合成皮沙發上吃大包無鹽薯條。她決定帶我穿越她二十出頭歲的台北城市青蔥愛戀。我未曾認識那時的她，但我記得那時的自己，所以每段為小事的爭吵和毀滅般的爭吵，到那間頂樓的套房、颱風夜的泡麵，我都可以重現。年輕時的摩擦……不，其實該說是年輕本來就充滿摩擦，你只要稍微用力點、不怎麼張口的說這個詞，就能感受到齒與舌的摩擦碰撞，但說「老了」這兩個字時卻乾淨俐落，只是老．了。

她與戀人摩擦，吵架時摩擦、一起看書時紙頁摩擦、做愛時摩擦、分手後眼淚與指腹摩擦。就這樣摩掉了青春與愛情，讓眉間出現了深深又淺淺的紋路，像是河川也像是山丘，成為我在異國遇見的那個美好的她。那時才二十七歲的她總是嚷著老了，但我從不覺得二十七歲是老去的開始，二十七是一個華麗而巍顫的頂峰，終於了解自己適合什麼妝容的年紀，不再買錯不喜歡的外套和包包，知道西餐跟中餐該如何分配才不會膩味。透過成年後無數次的購物失敗與失望，我們初次來到了最高效率的運轉年代。但從此時開始，女人們卻將分道揚鑣，一群為了自己繼續鑽研生活、一群則開始為了老公、寶寶改變生活。

而這些都沒有什麼不好。

有些人的高峰成了高原，二十七歲之後的她們更加精準纖細。有些人則化成了小河與山谷，懷抱星星點點的傷痕，讓生命流過。但在此之前，我們停留在高處的身影仍鮮豔，她嚷著老了的二十七甚或二十八歲金光燦然的包住了她，如果我們未在此年相遇，也許將不會被彼此最好的質地吸引，那不是單獨的樣貌膚質或是文字氣質，那是全體的呈現，一種女人的質地。我卻從未跟她提過，關於她的質地，和她的真誠。

她多麼的真誠，自從她離開了那間她與愛人的小套房。

離開後的失序和幾百包抽盡的菸。我們走在一條差不多的道路上，文組研究生的歲月悠悠，青春被研討會和論文拋在身後。關於打工還是放棄、關於一定都曾豔羨過的那些他人能觸及的生活。我不知道我憑藉了什麼穿過這條道路，但我看得懂她總是走得那麼真誠。真誠的走在選擇了不去原諒、不去面對和不再回頭那條迂迴漫長的路，真誠的令人只是看著也與她一樣難受。偶爾忍不住會責問自己，對於生活，我真誠面對過了幾次？

那第一根菸點起的時候，那第一根不只是因為年少嘗試而是真正去商店專注買的第一包菸，抽出點起的時候。我可以清晰想見那時的她，應該就靜靜的在傅園邊的系館旁，用抽吸入肺的幾個煙圈時間，讓系館、校園和斑駁的指甲油，考砸的資格考、離去愛人的幸福身影，比煙圈迷離，也使人識不清腳步，引她走往更遠更久的傷痛中。這就是那時的我們所能擁有的最高級傷痛感受，很多片刻，我們也甘願擁有這樣小肚小腸小家子氣的疼痛。

## 2. 那些花兒

帶著這樣悲傷的煙圈與真誠，我記得是二〇一二年的九月，是深夜時上弦月仍被霧霾蓋著的夜晚，我們第一次勾手坐在宿舍外分享她帶來的小雪茄，打火機卡擦迸出火花，我陪她抽我第一口真心抽的菸，帶著香草籽的香。那時候的我陪她走過的不只現在，還有她愛過的台北、台南和紐約。台北裡，她的身影極速晃動，像是被雨水打濕的客運窗景，散光三百度看出的城市極美。象山邊，捷運未通前的早晨，高中生身影清瘦。但這樣單薄潮濕的美，怎麼敵得過三十六、三十七度像火光般濃豔的台南和一次次傾心相戀。她和同學們一起吃現切大盤的香腸熟肉攤，擺盤快滿到桌上了結帳還不到一百五十元，逛觀光夜市興起前的小巧舊夜市，默背著「大大武花大武花」的台南夜市營業口訣。

黃金海岸的月光拍打她，我知道那年的海和月光深深祝福過她的愛戀，也祝福過我們的，所以無論怎麼錯失和遺憾，都還是能行走到今日。她說她最喜歡海邊，相簿裡收著七星潭、墾丁和南邊不知名港口的自己，身邊的男孩有些面熟、有些幾乎只是一張陌生的臉孔。那一年春吶剛剛開辦，7-11 裡都還沒有出現 i-bon 這東西，男孩對她說要離開台灣，她回答說永遠要在一起的回音響遍我的記憶，就像我站在十年前的現場。每一個過去的當下都疼痛的存在著，我在斷斷續續聽的過程裡為自己現在才認識她而揪心，但是，也只有現在的我才開始懂得真正欣賞另一個女人，不再懼於直視別人的美麗。

紐約的海風吹向第五大道上買連鎖內衣品牌蕾絲內褲的她。海風不可察覺，混入自動門入口處的強烈氣流，鑽進她領口、鑽進她跨海來完成的騷動，時間移至那年，她來向那個對她太好的男孩說她愛上了另一個人，飄洋過海的來告訴他，飄洋過海的把永遠停在那裡。告別與開始都要絕對真誠，說謊也是，背叛當然也是。那年她二十出頭，那年的我在另一個他方，也理所當然地年輕著，但不能確定自己是否真誠。

二〇一四是甲午年，甲午有災，這年到了年底仍然不像冬天。選舉車、畢業證書、醫美與告別是整年度我精選的關鍵字。年底時我發現，從初次見到她已經過了兩三年，我們終於不再初識。這幾年裡我看過她偷哭與大笑、穿著比基尼、穿著厚大衣甚至穿幫，這幾年裡她幾乎是我唯一仍然選擇相信的朋友。不要問我是選擇相信什麼，你必須先問自己你還相信什麼。如果你已無所相信依仗，打開電視節目時沒有信任的新聞台、不採信任何官方說法與數據、對感情裡的自己和對方都感到動搖時，她卻始終是那一個會出現在措不及防的低潮裡，在半夜三點星辰都已無光的小小手機螢幕中，告訴我，可是她還是相信，的那個她。

這一年的之前，我始終在尋找一個相信生活的理由。這一年之後，她跌跌撞撞滿身疤痕的告訴我，這一切全都不需要理由，她褪去的青春彩衣下全是縫縫補補，即使這樣，她也還是說著：「妳要相信。」

我不只一次寫我們看戲的過程，但從沒有完整而誠實的寫下。在台灣之外看過的那些戲與感情，被蘊藏得很深，在回來後某個不設防的轉角或吃麵擦汗的空檔，才會緩緩意識過來，這樣的緩慢這樣的溫柔，這樣的適合一碗湯麵。比如說我們曾一起看《初戀》這部歌舞劇，演員潔白緊緻的身體交纏舞蹈，台上的天人相隔、新歡舊愛並不怎麼撼動到我，記得後來男主角決定愛上全新的、活著的女孩，忘記死去的初戀菲菲，但他說只要想起菲菲時，心跳便會為她驟停十秒，那十秒是屬於菲菲的。靈體菲菲在那十秒與他擁抱，走向一個舞台上搭出的天堂背景裡，故事完結。我在隔了許多日夜的很久後，路邊吃一碗湯麵的傍晚，不知道是因為下午喝了咖啡的心悸或其他，想起這句台詞時，心口像皺在一起般緊縮了十秒。這十秒是我留給哪個過往幽靈的，我不知曉，但直到那天我才真正看完了這齣戲。

轉頭卻已無她的身影能詢問，妳剛剛是否也停止心跳了十秒？我們是否可以繼續開始愛了呢？她沒有在，但她確實有回答。

我聽到了，也從吃完那碗湯麵後，我真的開始學習相信。

相信愛（吧）、相信一切。

只留下十秒給過去的自己，雖然它一定是剜心的痛。

回來台灣後，我們在不同的城。我偶爾買兩廳院、年代的票去中山堂看戲，中山堂就靠著市立殯儀館，十幾年前，我中學下課買了校門邊的福州包，坐在中山堂前只為等喜歡的男孩經過。中山堂是童年那座樂聲怎麼都傳不出街上的半圓建築，故那時的我怎麼都猜不到裡面盛宴光華如白晝，只專注在年少那顆酥脆油亮的福州包。對街的三協堂文具店也從三層樓店面變成縮在二樓的小舊店鋪，賣著幾乎同那時一樣的禮品和卡片。

我回到家鄉，城市卻已老，走進中山堂時已看不見昔年。

中山堂裡七分滿的場子，我一個人看《*CLOSER*》。那曾是我二〇〇四年最愛的一部電影，當然之後也蟬聯多年喜愛排行榜，這一年它成了台版舞台劇，找電影女星演起了Alice，終於變成不痛不癢的輕悲劇，我再找不到那年憋住呼吸看完、幾乎是不敢直視的感受。當年初看，深覺那是部比活屍片還可怕的愛情片，因為現實也確是我們誰都遇不到活屍，卻總是遇到糟透了的愛情故事。所以平日，我看大量的恐怖片、科幻片、魔幻片甚至血漿飛濺的B級片，但對於再寫實不過的愛情悲劇小品，缺乏勇氣。

我也曾與她討論這部片及一系列我無法細看第二次的片單，我沒說的是，除了因為揪心的疼痛，也因為所有分鏡和對白我不需要看第二次就已牢牢記下。就像朋友們曾和我說的每個小故事、甚至只提過一次的小學校名，我都記得，並在某次談話中用別人的回憶將他們驚得不輕。我經常疑惑，在話語流量過高的現在，我是如何記住這些，如他們童年中一件微小的事、關於週末的小計畫、網拍看中的一個保溫杯……這些東西自然的留在了我心裡，但它們一定曾將什麼原本存在的事物驅逐了出去，驅逐並取代了它們。唯一懼怕的是在我想不起的事情中，有什麼該說的話語或大哭一場的責任，卻被電影台詞和友人的芝麻小事取代，流散在記憶之外。

我並不是懼怕來不及。

真正懼怕的是完完全全的忘記。讓生活中積累的小事擊潰一個曾經最重要的人，那個人會像電玩關卡中的小魔王般，在破關的瞬間只以網點或馬賽克格狀的方式崩解，配上極短促的音效，因為只是個小小魔王，故沒有櫻花吹雪的全屏動畫，若我稍微分心轉頭則將與它永遠錯過，這才是我所害怕的。但我仍然無能為力的堆積著這些別人的瑣事，掩埋起自己曾經重要的場景，讓它們趁我轉頭時一一溜了出去，門都沒有掩上。

## 3. 人在江湖

沒很久前，我第一次去看她演戲，她本來就是學戲劇的，她也像是本來就該演戲，但相熟的這幾年來我從未看過在舞台上的她。那齣戲在舊日式建築小小舞台上演，她從一個非常居家、帶有漬痕的行李箱裡滾出，談讓一個男人心碎的愛情，而她被縮得很小，整個舞台上都是她的聲音和身影但她仍然不在那裡，那是一部說穿了只有一個演員、一個聲音的戲，因著那部戲本身巨大的能量，她很完美的演出了一個誠實的說謊和傷害別人的角色，不需要同理心也不需要她本人的色彩。我應該沒有說過，我不喜歡她演戲，不喜歡她脆亮微甜的聲音說著別人的台詞，所有的劇情和他人都沒有她自己鮮明。

她輕盈而又非常深刻，你曾遇過這樣的人嗎？我無法決定具體的形容詞，無法告訴你她如何美麗、如何幽默並且總愛開些低俗但確實非常好笑的笑話，她就是一個輕盈卻非常深刻的人，她不適合演戲，除非你願意把她好好的放在她的故事裡，而不是放在別人的故事裡。這是我自私的看法。

許多細碎的畫面串成了完整的她，於是她在街邊的薑母鴨店、小吃店和我喝各方啤酒喝到不知第幾瓶後，拿著酒杯熱情碰杯、飲盡的一瞬，都像是一抹流光，無論經歷幾次依然目炫。

畫面調轉到大雨夜十度以下的798藝文特區。

與她的談話時間總是非常的長，漫長而無邊無涯，但那樣的時間卻非常飽滿。像一顆晶透的、圓滿的水珠，於是其他的水滴在它旁邊，都顯得單薄無光。798藝文特區裡，有滿地黃銅色的銀杏葉，我們沙沙的踩著地，走過入夜後無人只剩幾間藝廊、酒館的園區，與初識的他鄉長輩喝遍他推薦的各方好酒，卻只喝出一臉微醺紅暈。這些瞬間我都記得，但全都抵不過那晚與她搭出租車回去的路程，路程不遠，但我們坐成了一次長長旅行，那讓我從此非常喜愛798這地方，我們被大雨困住、我們相識，而時間與她都變成了一顆重要的露珠。

回家後的我們，也許工作也許畢業，接著失戀接著戀愛，終於一起滑落至同一城市停留，不確定是否已落在地面，或只是停留某個窗台。我們挽手散步在像是永遠蓋不好的大巨蛋外圍，鼻腔吸著城市廢氣，有些女人適合挽手也不覺得彆扭，不會十幾秒後就在找尋偷偷抽回雙手的瞬間，她就如此適宜挽手。



我們在路邊繼續長長的交談，那些內容總是可以無縫的接續著任一次的對談。她抽到了好友結婚的捧花，差不多那前後，她終於離開那場跟隨不休的破碎戀情，跟一個與前男友同月同日出生的人重新開始，我知道即使如此，那兩人仍是截然不同的。畢竟我在這十年裡用盡力氣，也並未再在人海中遇見一個與舊愛同樣的人。我寧願相信，她不可能如此幸運。

也許這不是什麼見鬼的幸運，真正的幸運應該是相忘於江湖。可我並不想有一天拿著英雄帖在武林大會與舊愛相遇時，他身邊有著任盈盈，我卻還是曾經的岳靈珊，並沒有愛上一個林平之。如果可以我還是當東方不敗好了，盡全力毀掉整個江湖，沒有江湖，便沒有你、沒有他、沒有我。

我深深的祝福她的江湖已平靜無波，而不只是從金庸小說變成了古龍，也深深的希望她已金盆洗手、甚至是自斷琵琶骨也好，變成一個對於幸福更胸有成竹的平凡女子。但我知道，所有的故事仍未完結，我們所能為彼此做的只有挽手走過從前、走回家鄉、走至他方，只能希望我與她最終不會挽著手成為了移花宮兩位宮主。

這幾年裡，她真誠的生活、並且持續相信，但是這些並不代表快樂。快樂怎麼會是真誠生活的必備品呢？快樂是不透明的，選擇相信也總是耗盡一個人的能量。她的不快樂長時間飄散不去，在她新店靠山的住家裡，濕濕冷冷的包圍住她。在我們觸碰不到她身與心的山邊，密實的包住了她，將進入市區與我們相會時的她和獨處於室的她切割成了兩半。隔得太遠，我只能在深夜的手機軟體裡看她分享黑白基調照片，和底下寫著的暗黑文字裡，按下一個 Like 或是一個讚，但我根本不覺得哪裡讚。對於她的不快樂我袖手旁觀，因我知曉這是唯一解，對付不快樂的唯一解，但不是正解。

真正的不快樂並不希望被提起，它有一天會過去，但不是今天，不是現在，也不在這篇文章裡就能解決。

我只能在她從公車蹦跳下來到市區的時候，以深深的擁抱回應她的擁抱，幻想擁抱殘留的溫度能藏在她的圍巾或是包包裡，隨她回家進房鑽進被窩，在她哭或是哭不出來的深夜，分出一部分的我陪她，就像那年她收起溫柔的眼神如此認真凝視我的悲傷一樣。我決定不說話，但收起溫柔，嚴肅寫下。

場景開始逼近現在，逼近我存在與生活的今天。我們一兩個星期見一次面，她帶我認識她身邊男男女女，我也帶她走進我的交友圈，終於不再需要流著汗努力讓自己生活成另種樣貌。人生是一部平直的通俗劇，我沒有什麼已經完結的事情能說，一切都才剛剛開始。

能說的只剩場景。

松菸裡很像家鄉秋紅谷的制式人工湖旁，不隨場景變幻的只有我和她，她說要走到無路可走之處，沒有看著我的雙眼，但她這麼說著，用歌詞來唱，就是要將愛進行到底。於是我將半乾的自己，擰得不能再緊，擠出了很像淚水但絕不是淚水的液體，把自己推到下班尖峰的街頭，把自己與過去全盤否定後……場景終於來到非常逼近現在的那一天，我揣著她說的勇敢和真誠，告訴那個人：「我們將愛進行到底吧。」他說好，於是我們一起砸碎了過去成立的所有美好，一起搬進這座城市，說好一起離開彼此。我終於真誠到不能再真誠，可以誠實區分愛與不愛，並為此寂寞長長。

所有的故事都還未結束，女人們還沒開始老去、旅居的城市想必會再變動、戀人們離開了但沒有歸期，我亦無歸期。我從她的身上還原了自己，有信仰者會說這叫做恢復自己。但其實只是，這一局終於輪到我脫下陪我闖蕩江湖的青春彩衣，它裡面果然全是補丁。

我學她把衣服收進抽屜。

開始與她一起，把江湖填補成都市裡的另一座人工湖。

# 薔薇的戰爭

有人問我喜歡什麼花時，我總不懂回答。只知道年少的我討厭玫瑰花、討厭玫瑰這名字，但或許那時的我並不懂欣賞幾乎所有花的美麗。

喊她薔薇時，我不滿的心境總會好受一點點。比起玫瑰與月季，薔薇是屬於少女的名字，是還未沾染過世間濁氣的無價寶珠，是有薄薄身軀、優美頸項、手膚透著細細金色汗毛的少女，儘管那只是一種姿態。玫瑰和月季卻給人一種碩放的雍容感，盛大的綻放，花瓣層疊成一個小碗公的花形，但碩放到底就是頹敗，那樣的香聞久了有一種腐朽的味道，我無法喜歡。那樣的形態也像是綿白的婦人膚，曾聽說過三十多歲後的女人，總會忽然有種嬌嫩的美，像可以滴出水的那種，然後一夕之間，就開始顯老了。有一些綻放到極點的玫瑰也是如此，開到最盛時像被沾濕的深酒紅色絨毯，邊緣帶有一圈棕黑、卷曲，接著便開始凋謝。

小時候偶爾會在深夜看動畫，深夜動畫系列最喜歡的莫過於重播版的《幽遊白書》，若《幽遊白書》是屬於少男的戰鬥，那與它相對的一定是《少女革命》。它的主題大概是，男男女女們拿西洋劍進行一次次的決鬥，只為爭奪一個名為薔薇新娘的少女。《少女革命》和《尼羅河女兒》成為了我童女年代裡難解的兩部代表作，不明白外表和權力為何可以帶給這群卡通人物一直戰鬥、一直戰鬥的動力。長大後的我才明白，那些酸和刺的心情、長長的失語和失聯，全是漫長、真實的另一場少女革命，但我們爭的是，當年誰都不想當拿起西洋劍的男裝少女天上歐蒂娜、誰都想當唯一的「薔薇新娘」。直到我長大，寫了太多的自己，發現我手裡早早就拿著那柄劍，發現我和天上歐蒂娜甚至是同一個星座，只好坦然接受那時的我便是她。

我的腦子裡偶爾會響起一個旋律，是每次歐蒂娜與人決鬥前走上長長旋轉梯的背景音樂，交響樂般磅礴，旋律大概是「搭搭搭拉搭搭」，但每一次都無法以文字書明這樣的一段旋律。文字果然是有無法觸及的地方的，像某些讀到的小說總存在著有時而窮的極限，像有時候別人說愛我，那麼也許他只要走過來說，不一定要寫信告訴我，我就明白了，當然前提是我也願意接受他的愛。年少的事一切都要這麼簡單。

閃過這些念頭的時候，那時身邊的朋友們總是會說，妳到底在想什麼，眨著她們的大眼。這些歲月迎來、錯身中認識的朋友們，形貌往往是相近的，她們光鮮且香氣四散，她們用最微細的言語、不可察的挑釁讓女生的友情也像戰爭，戰得光潔美麗，但仍然是友情。

許多年前，我討厭極了大學時總拿著SKII粉餅盒，開學典禮時從鏡子裡偷瞄我被抓到的那個女孩，她的眼神和她的粉餅盒都不屬於那時的十八歲。但是某天她下課後問我要不要一起去東區下午茶吃到飽時，我仍然點了點頭，這樣被捆綁、無可控的改變自己原有方向的成長，當然也是一種世故的沉落。我在世故中，讓世故成為了我，並以此為一種成長的刺青，不遮掩它。當然這是好多年後的事了，就像我已不記得她的名，只記得粉餅盒裡她的眼神。

在不知道怎麼描述給你們聽的「搭搭搭拉搭搭」旋律裡，我拿著劍走向旋轉梯頂端好多次，那時並不確定等在那的是不是更好的人生，只是因為有一個女孩給了我這把劍。

每個人的十八歲都討厭那樣矯情美麗的女孩，過了二十八後卻不再那麼篤定，至少她們相對簡單直率，不是你永遠無法對他人說清的更高段、更平和的那種女人。認識薔薇後，我更能看出這樣的女孩，相較於那時的薔薇，她們都不是那麼精致的演出者。每個圈圈裡都有擅長此道的人，不一定是最漂亮的，但多半是人緣好的。而且早就不流行公主型，一定要是有些個性、特別喜歡說自己像個男孩子一樣、說自己食量多大的那類。她們在學校裡、公司裡、男友的女性朋友圈裡出沒，可能熱愛旅遊攝影運動美食，跟每個異性都是兄弟，從來只塗指甲油而不塗唇膏。她們聽演唱會的頻率像是瘋了一樣，她們很好，至少我說不明白是哪裡不好。我像躲著妖魔鬼怪一樣的總是避著她們，也躲著她們總是喜愛的那幾本散文、小說集，那裡隱隱浮動著一股巨大的氣場，她們不是玫瑰花，全都是市面上最難移植的野生薔薇，一株株自生自開，我決定繞得遠遠，那氣場全是美好姿態，我卻是一個越活越沒有姿態的人。

我的薔薇新娘要結婚了，年底在一間宮殿般的婚宴會館舉行婚禮，我是伴娘。薔薇新娘在女孩時期就是那種很好的女孩，很早就有自己的個性，讓身邊的女孩圍著她轉。她十六歲時就說過不願意活到足以變老的年紀，記憶中很厲害的女作家都說過類似的話，十六歲時她說她不要小孩，直到今日她也依然如此。她是這樣的好，讓身邊的人為她低頭、聽她說話，只要能待在她的身邊。我換下了西洋騎士般的軍裝，這次可以穿著小禮服陪她，不再需要為任何女孩戰鬥。

說穿了，我的戰鬥都是可笑的。薔薇新娘眉頭一皺，我便掏劍，為那些大大小小與我無關的事。我曾幫她跟男友提分手，那男孩看向我的眼神那麼不甘、那麼憎惡，抱著一把花的他在操場邊一動不動，許多個夜晚裡我都還是會想起。後來她與男孩又走在一塊，戰鬥的意義全都消失了，我知道他們會一起談論我，就像我曾和她談論那男孩一樣的方式。這一切都是我自己的選擇，因為少女總有一種本領，把最平凡的身世變得複雜，把簡單的生活過成八點檔。薔薇新娘的每一個男友大概都不喜歡我，我猜是因為他們知道我聽聞過他們所有的秘密、床上的喜好、高潮來臨通常怎樣發出哼哼聲，那太私密了，而我和我的眼神又是那麼的好戰。

很多時候，我總以為他們會讓我受傷，如果不是因為我終究是個女孩，他們早就一次次的給我幾個拳頭。那一個抱著花傻站在青春裡的男孩，還是沒有留在薔薇新娘身邊成為她的新郎，很多年後我在某大學的畢業典禮上遇見他，他匆匆轉身與我交談，他沒有了那個讓我睡不好的眼神，只是從上而下的打量我，說妳變了好多。我不知道人改變的程度能多真誠，其實後來我只是留長了頭髮。那天我微笑的看他那麼幸福的樣子，曾經我們共同爭奪不下的事物，已不可追。

薔薇她如今的樣子可親多了，這兩年我們再度變得親近，卻沒有了以前的親暱。我們絕口不提我曾為她背著的那些黑鍋、刺傷的人，一起參加同學會時，對於朋友說起我就像是她身邊的影子般跟隨她的往事，也已能淡然接受。薔薇終究是活到了現在，始終帶有一些慧黠靈光，卻成為了那樣相對溫厚的人，沒有引起戰爭的傾城容姿，只說著與老公的情話。也許我丟失了那把西洋劍在路上，後來不再因為想取悅任何女孩，而努力學著說出刁鑽靈巧的消遣玩笑。但那段時間的練習，無論在哪個層面都讓我成為了現在的我，對於薔薇我很感激。

同學會結束的晚上，我搭車要回工作的城市，經過那間只開在中部的連鎖麵包店，玻璃門內麵包熱氣騰騰，至今沒變過出爐時間，想起我與薔薇開始失聯的前後，也在這間麵包店裡。我們一起買出爐麵包的一個下午，麵包店店員抬眼看我，隨口問了句有沒有人說妳長得漂亮？她輕微的不耐，搶在我前面替我回了：「有有有，很多人都有。」

我離開薔薇，絕不是因為我認為誰比誰不好，如果要說原因，大概是確認了什麼。在我心中曾有那樣的感情，沒有親吻與聚散，因為聚散有時，分離也有時，能這樣下去，沒有什麼愛與不愛的困擾，那就這樣下去。動畫裡，天上歐蒂娜最後被薔薇新娘從身後刺了一劍，她還過分的告訴歐蒂娜：「妳永遠不可能成為王子，因為妳是個女人」，薔薇新娘真是個太不可理喻的女人了。

我卻沒有想過當一個王子，在面臨到決定性別角色的時間前，我一直都被當成另一個女人對待著。薔薇害怕自己不是唯一的薔薇新娘，甚至連我她都開始害怕。這讓我們在成長的路上分神而行，後來我當然遇見過其他的薔薇新娘，但在那種我期待的感情嘩拉拉滿出流光一地後，全都不是我的新娘了。

薔薇她仍然有著美好的姿態，吸引著別人靠近，在婚禮來臨前的幾個月裡，我們密集的聚會像是要補齊缺失的時間，魚尾裙、桃心領的新娘服包住她細白的身體，手與腋下都打過雷射於是一片光滑，眼前的她是精緻的瓷白，不再像晨光帶著別種色彩，我們也不會再回到有著細細金色汗毛的少女身了，這是薔薇學派的失落。再過幾個月，薔薇當上新娘，也許就將盛放成一朵碗口大的玫瑰了，如今我再也不討厭這名字。窮遊時，到夏天的倫敦，攝政公園的玫瑰花圃幾乎有著全世界所有的玫瑰，它們在秋天前會全都謝光，即使是這一季最美的花王也一樣，我們都已行到玫瑰時刻。

感覺自己即將盛開的這幾年，我細細呑吐呼吸著，每一次與街上許多帶有薔薇少女身影的女孩們錯身時，我都以為會再聽到「搭搭搭拉搭搭」的樂聲，卻是再也沒有了。

有些戰爭真真切切的開打過，我卻不會說出希望世界和平或是天下無賊的願望，自私的少女會長成自私的女人，如今只願妳我花期長長。

# 花季未了

年輕與不再年輕，是猝然的，就是一早醒來你發現與年輕時的自己隔著海也隔著島，那樣一場睡眠的時間。

說穿了都是時間，讓年輕變得秒秒金貴。年輕時間裡的朋友，有個酷似年少周慧敏般靈動光鮮的女孩，她張著接植睫毛後水光洶湧的眼，水煮蛋般亮潔的臉龐，不擦唇彩也粉潤的雙唇說著她在二十八歲生日清晨醒來，發現了兩撇法令紋的悲傷。像是這樣的感慨，在仍然年輕的時間裡還是經常出現，我明白青春的不再永遠都是感傷的，連只是可能不再都能令我們如此傷感。但誠實面對長長的青春，我們揮霍的也該足夠了，預支完一生能熬的夜晚後，該學著面對揮霍和做些放下書本和鏡子後的事。

比如面對遺憾。

即使在年輕的時間中生長，仍然沒有人無法不帶著遺憾往前，像是遺憾沒有活在舊的想像之中、遺憾沒有和平、遺憾沒有趕上搖滾樂出生的時代，遺憾嬰兒肥才剛剛褪去就想念了。我們在時間中學會遺憾這個技能，但直到現在我才明白它的不好與它的好。

故事是這樣的。

我出生在一九八七年，民國七十六年，很多這一年出生的朋友都會說上一句，也是解嚴那一年。但其實我們全都沒趕上解嚴，我在一月出生，那年的七月十五日宣布解嚴，在之後長長的歷史解鎖時程中，我還是一個嬰兒、一個女娃、然後一個半大的孩童，才變成了我。變成了擁有閱讀與辨識能力的我，也已離解嚴年代翻過至少十年。對於歷史課本裡的幾組名詞，多半無感它們與我的距離太近，再也沒有老師對於學運、二二八、解嚴、精省這些名詞感到陌生，也不會感到不自在。

時間再推。二十歲前後的我，開始感到一種迷惘和巨大的不安，那年我還沒轉讀文學，在一座山頂大學裡追逐一種惶惶不安的新聞夢，從美國、日本的新聞史，我終於看到了屬於自己國家的新聞史和新聞危機。鄭貞銘教授、高信疆先生，多少台灣新聞史中的名字，隨我在大成館後的系館成長，但卻沒有滋長至心底，我終究並不適合成為無冕王，放了自己與青春一馬，走向文學。但因此對於所有錯身的歷史感到遺憾，像是對馬世芳書中解嚴年代的激情青年、搖滾樂傳說的年代更是如此。更早的大江大海、眷村尾巴，更是見面不相識了。面對七十六年的解嚴我無法書寫屬於自己的記憶，但對於時間的遺憾，並不只從這裡而來。

在我童稚的眼睛裡，其實也攝下了許多重要的場景和年份，只是總以年幼的斑駁眼光和父母們過於溫溺的聲線訴說著。

一九九六年，民國八十五年的三月我第一次出國，去香港。對於飛機的形狀和除了父母外同行的人無一印象，但記得父親開車往桃園的路程裡，幾個大人對談著因為出國而將錯過的第一次總統民選，聲線拔得很高，我在後座趴著往後方的公路望去，灰沉沉的公路和鴉青色的天光，車飛般的往北開著，我回望家的方向終至看不見台中城的邊緣，那時的我以為我們被什麼追趕著一路向前，小小的心臟撲通的跳著，在還纖薄的胸膛裡鼓一般的響。因此好長的一段時間裡，第一次的民選總統成為了一個巨大的有鴉青色翅膀的幻獸，我也一直記得，大人們高聲交談中，一直重複著一句：「回來後，就都不一樣了。」我的父母絕不是《女朋友・男朋友》裡的林美寶與王心仁，但這句話雷擊似的在我第一次看這部電影時的耳旁共鳴隆隆，因此我可以忽略電影裡那些比我還蹩腳的台語、中文台詞。我想藏在影片與追在我車後的必定是同一匹幻獸，只是它在不同時空中回身關注。而我回來後、看完電影後，卻沒發現有什麼變得不同，我想是因為我從不曾真正知曉「從前」是怎麼樣的從前。

那一次的旅行充滿魔幻，除了台灣島上追逐著我們的幻獸，香港島上亦有成群成隊的各式人群，集合成了舞台上歌隊似的華麗出場。絕對記不得的一個大型十字路口邊，我被父親抱著等其他人會合，在過街的人潮間看見了好多台攝影機圍住一個黑色西裝的人，那時的我知道他就是劉青雲啊，長大後，父親說他不記得這段往事，但我知道不記得不代表它不是真的。在很小年紀看過的《香港也瘋狂》電影裡，我喜歡歷蘇，也喜歡上劉青雲，劉青雲一定是我第一個識得的香港明星，連名帶姓的那種。所以當我在香港街頭看見他，也直覺的認為劉青雲本來就是香港人，出現在香港再自然不過了，就好像他是我一個很熟的香港友人，本來就該在街邊遇見他，不管香港是座住著幾百萬人大城。這樣的認知，直直的留在我當時與之後的記憶裡，卻到現在才開始浮出魔幻般的邊框與色彩。大型街頭的歌隊、攝影機與穿著皮丁字褲的歷蘇、熱黏的大樓下女人街攤販裡成堆的無用商品，如此迷幻如此香港。多少年後我們眼中的香港，一直都還是如此，年幼的我從未錯看過什麼。

現在看來魔幻浪漫的還有那次旅行我得到的一堆英女皇頭港幣，它們都還在我特地留著的牛皮小零錢袋裡，五元厚實的、不規則的邊角，是我當時拿過最重的一枚硬幣，沉而扎實，我以為那才是零錢應該有的手感。後來，我再去了許多次的香港，也曾有過幾次魔幻迷眩的片段，搭的士穿越過港隧道只為到西貢吃一餐海鮮，跳錶上的價錢一直翻出令人暈眩的新數字，還好付錢的不是自己。西貢海鮮街的招牌在夜裡霓光四射，像極了好萊塢電影《萬惡城市》全是灰黑世界中偶爾出現一些極濃、極鮮的鏡頭。這一抹顏色留在回憶裡大半是山水畫背景色之中，閃閃躲躲，那樣的夜晚後來幾乎不再出現了。隨著找給我的零錢不再冒出英女皇頭，隨著街邊的周生生、sasa 藥妝、優之良品這類的伴手禮店開滿整街、隨著時間變成該死的時間後，我們開始活在遺憾裡。遺憾的關鍵字如下：解嚴、劉青雲、歷蘇、女皇頭硬幣，以及莒光新城。

莒光新城是我童年未崩塌的、關於幸福這個字眼，最初的一筆注解。民國八十六年，一九九七成為界線，有地方成為了一處國家，有地方承認自己失去了一個國家。祖父從中興新村撤出，我不再需要跟著父母在假日熬過長長塞車彎進中興新村陪他吃飯。他回來台中，與我吃遍童年的大吃與小吃，經常一起散步到莒光新城下的小米粥店，點一份抓餅，撒兩匙糖，那年的粥店裡人常有像祖父一樣的其他伯伯，祖父總會輕輕和他們點頭，各自坐在不同的桌子吃著相同的吃食。許多年後，我再進新城，那家店早已拉下鐵門，半點當年不斷從後廚傳來的麵粉香都沒有留下。界線那年之前的我，紮著兩根一左一右的高馬尾，在與肩齊高的桌台間看人群。那時餡餅的湯汁燙著唇口、舀了糖的小米粥，如此直接而美好，但這些味道都淡了。唯一能慶幸的是，至少在過去中的味道無損無缺。時間跨越民國八十六年，這條界線後是長長的下坡，距離未變但時間加快了，再一晃眼，我自己開著車停在新城旁，卻只是走向它對面新建的購物商圈修剪頭髮。回頭乍看新城，一如當年的米黃色、陳舊著，記憶中它從不曾新穎過，但也許是因為我總習慣只是，乍看。

如今我已知道不能總是乍看一切，因為乍看終會錯失。

再往記憶裡走一些，是祖父曾待了半輩子的中興新村，我試著梳理從什麼時候起，我不再在假日車流裡被帶往這舊省府所在，界線仍是民國八十六年。直到長大後我才知道祖父口裡總唸著的「廢省」詞彙，應該正名為「精省」或「凍省」，但我想對他而言，無論怎麼稱呼，都無法改變台灣省政府的無聲消失與這中部小鎮的失墜。

失墜十年，凝凍十年。我曾有幾個來自中興新村的朋友，造訪他們家時，小鎮靜而安詳，卻不是那種不以為意的安靜，灌木叢、整齊剝落的社區油漆、舊省府大樓排在十多年前一樣的位置上。這種安靜在白日是無害而散著陽光的，但到了夜裡，火光熄滅，空屋透風，月光最亮時也都染得人心涼。若要細說，我是趕上過這小鎮最光明的一段路的，但是在它失墜的十年坡道上，我與所有人一起缺席了。從台中到中興新村，不過不到四十分鐘的車程，國道3號開通，省道鄉道等待不到來車，路邊賣的烤伯勞鳥不怕取締只怕燒著炭火空等的歲月，這一段下坡我被自己的青春困著，沒有心力陪它走過。就像莒光新城變得灰寂陳舊，等我再來……來時省府又回歸成小鎮，舊時的營盤口在中興新村這名字下埋得太久，也是我從未趕上的另一段路。我來不及趕上的除了省府後話、莒光沒落，還有祖父開始遺忘許多事情的時間，它們都被我太早來臨的青春打斷了。

我過早與過長的青春攤破了應有的童年。

一個個接連離席的親人們，使我離開了抱著唯一喜歡過的史努比玩偶、玩整個下午拼圖遊戲的時間。那幾年父親遊歷遍世界各地，也許某日他在舊金山漁人碼頭與情人大啖蝦蟹時，我正因為台式小蝦米而過敏在診所排隊打一支退疹針，並剛剛過完十歲生日，而他無從得知。童年必定是結束在我開始必須在夜裡認出父親只帶我走過幾次的道路，陪母親一起四處找尋他行蹤的時間中，烏日、大坑、潭子、豐原，我從未失誤與迷途。我的內心被早早就響的鐘聲驚醒，驚醒後好長一段時間，在自己的青春裡打跌失滑，於是遺憾未能靜靜感覺一個世紀的消沉，沒來得及在這些社區、小鎮悄悄老去之前，再陪它一段，再喝一口滾燙的小米粥，即使燙去舌上小小一層薄皮，也不遺憾。

你們知道嗎？

沒來得及的那些，寫寫也就算了。

不論怎麼七彎八拐的走，還是走過了那些市與城，也終於走過了青春。每一場青春的完結前總是有俗氣的高潮，俗氣但暢快。幾年前的春天，我想我把青春未揮發完的水氣一次烘乾了，我和一整群的陌生人在某棟政府機關前待了幾夜幾日，同時期也結束了一段沒有什麼遺憾跟簡潔的感情，坐搖晃的公車、聽搖晃的歌，很克制的不奔跑與衝動，很克制的感受，逼自己盡量不濫情與滿溢。這樣我才能說，我並不是為了任何人說過的話而長坐在那裡，而是為了把自己的現在活成從前，那段我沒趕上的從前。我的青春裡沒有什麼百合花開、沒有誰躺過天安門下，在我出生前那段無法追趕的長長道路，有太多人流了太多血和淚。即使現在，血和淚還是珍貴，但更重要的是它們是否改變了什麼，能讓人說起很久很久之前，花開了整夜又整夜。

可花開了本就該謝，我節制的一路坐著，終於準備好了迎接自己那場春盡時分。

那個二十八歲醒來發現自己老去的美麗女孩，告訴我，許多年前她就已經不再在意新聞裡那些一定也曾年輕過的官員，不在乎他們穿著的淡卡其外套，裡面也許藏著防彈背心。我想那美麗女孩也不在乎，那些不論是她還是新聞裡的官員們，都曾經有過的躁動與青春，是在哪一年生日起床後就忽然消失的。

但我在乎我的躁動，幾年前的那場靜坐，是我最後一次切實感覺到我的躁動，能感覺到它們還在那裡、還有血性。即使我知道有一天起床，這些我曾在乎的名字、他們的名字都將不再重要，我的名字也是。時間就是紅海，那一天之後我的青春期終於開始結束了，用的不是一覺醒來的時間，而是一場花開的時間。而所有來不及記下的名姓和地方，我只願能以一篇文章匆匆寫下，在他們變得全然不重要之前，能寫下就好了。

我回望，那與我一起靜坐的年輕人群後面是中興新村裡數百株的山櫻花茂放，再往回是體院操場放的國慶煙花、西貢海港，於是下一年再接下一年，青春的故事差不多在這裡說完了小小一角。

我出生於民國七十六年，不再年輕的歲月我珍惜著開始，因不再年輕並不代表老去。前幾個月搬家時，從祖父的三等光榮勳章旁翻到的劉若英專輯，民國八十七年，一九九八，我第一張自己存錢買的錄音卡帶，A面第二首歌應景的唱著：「花季未了、你卻走了、淚在掉，剩下的綻放回憶裡燒。花季未了、餘情未了……也許遺憾才讓人生美好。」如此愁腸寸斷、處處呻吟的青春，這一次，我想讓它寫著寫著、唱著唱著……

噓，就先到這了。

# 生活編輯凡例

很長的一段時間，生活被另一種生活包縛住，妳總是以為現在的生活並不是真實的，藏在底下的才是真的，但一不回神，另一種生活會吞食它之下的血肉。吞食到頭，等妳終於有時間打開它時，妳卻只剩下一種生活，唯一一種。它有醜醜的刺爪、猩紅的肉色，不怎麼合身的披掛在妳身體，別無選擇的妳只能穿上它，否則赤身裸體。

那很長的一段時間，我低得很低，為了生活，在幾萬、幾萬的酬資間午休，審閱一條一條的詞和文稿，收起一些舞爪般的惡意和個性，與旁人親暱結伴。那段時間裡，我常常告訴自己，閉上眼睛我一樣能回到某一座起風的小鎮，那裡的人們總能給予我最靜的一個夏天。

那夏天的我，還會害怕在人前與親人牽手、擁抱，每一次父母送我上學時我都會逃命似的關上車門，在他們開口說要抱一下之前，把聲音關上。直到小鎮的路開通，市區的人可以不再繞著鄉道田邊進鎮後，那八線道的大路直鋪到奶奶家前，晚上睡覺時遠行車的車燈照在馬賽克玻璃上暈散開來，連結車經過時窗台會隆隆震動，那一年我才學會了在人前人後對所愛的人伸手。奶奶因為不習慣拓寬成數倍大的馬路，緩慢過街時被疾行過小鎮的異地客車撞傷，裝了鋼板打了釘子的小腿，每逢變天也跟著瘦涼。於是我開始陪她去中醫針灸電療，牽著她過鎮上新開的長路，長路那頭賣菸的小店被拉去了別條街區，只有對線空曠的新柏油路。穿過長街，我牽著她去那棟五層樓高的診所，那時的她還沒有老到每一個人看到她都會攙扶或多瞧一眼的年紀，我繼續牽著她坐電梯上樓，她微皺卻異常細嫩的手冰涼涼，像水磨出來的緞，我總怕我指甲旁起的小邊角刮傷了她，就像蓋著涼被時不小心刮糙了被面一樣，都是要小心對著的人與物。好幾年的夏日，我待在中部山城小鎮的老家過暑假，每天牽著她緩緩過街，她躺在簾後電療時我有時坐在她身旁，有時也躺在空的位上睡去，街上、診間都沒了人影人聲，那年的夏天熱得無邊無際，但確是最寧靜的一段。

我經常閉上眼回去那一季，在小鎮的國小旁吃阿伯現炸的熱狗攤，夜裡穿著新買的直排輪鞋在縣府新建的無人廣場滑行旋轉，幻想自己是童年愛看的花式滑冰冠軍，卻只能一直旋轉，無法放膽的彎腰跳躍。奶奶冰涼的手也如夏夜那樣溫柔，那是只有我一人的季節和畫面，一個人滿溢、一個人獨處。

而我睜開眼後回到生活。

我披著生活大衣編著辭典，存著被城市榨得稀薄的金錢，背著蝸殼在長長的辦公桌裡抵抗冷氣和幾萬條編不盡的辭條。編輯凡例裡，說著出處典籍參閱《史記》、《漢書》、《禮記》、《春秋》，我們一卷一卷的在無句讀的電子古籍裡穿梭，古籍成林，而我化得好小，推著比身軀巨大的字往前，微駝的練習沉默。在這樣的林裡，那一個蒼白、沉穩、有骨感透不出血色雙手的小主管偶爾寫下些話語小卡，讓我們在林間的陰天裡仍能跟隨這些字句往前，可往前卻是往哪裡？

我打開其中一張小紙條，像是銅版刻出來的字工整寫著：「若能再多收起一些自己，一定會成為一個更好的編輯。」那天我把紙條帶出公司丟進路邊的垃圾桶，無任何惡意的情緒，因我早已把自己收得太緊。常常我會聽到我彎身敲擊鍵盤時，骨頭喀拉喀拉的繃著、響著，四周卻無人察覺。常常我一人在中午走到遠處吃頓飯後，回程與其他同事擦肩對眼，總會因為繃得太緊的眉眼，而擠不出一個笑容，或是笑出一個不如哭泣的表情。

這一部辭典大約還要四年的編輯時間。

每一個下午我會在資料夾裡收發區看到一條一條新的體例公告，用一種努力輕鬆的語氣，或許加上一些表情符號和心情狀態，像是：

1. 在解釋裡面提到別的詞頭，還是把包在外面的【】改成〔〕好了，如：
**【沈腰潘鬢】**⇒〔**沈腰潘鬢**〕。

2. 為了怕排版組搜尋不到字，各位一起把證改成◎證表示吧。

3. ◎證，是表示典故、解釋了出處或是緣由，◎例，則只是出現在古籍中的應用。

4. 請記得，三十要打成三〇而不能是三十或是卅，注音間留一個半形空白而非全形的空白。

5. 大家來投票《後漢書》皇后列傳要寫到第四層級皇后的名號還是第三層的卷數吧！如：《**後漢書・卷一〇・皇后紀・順烈梁皇后**》或《**後漢書・卷一〇・皇后紀**》。

我開開關關這檔案，剪貼、取代、退後、編號，料想四年後大概不會在這陪著它誕生，我的名字是否在它身後也未可知。但我仍學著把許多事情壓得很密，學著以前所未有的耐心面對唯一擁有的生活方式。

但在其他地帶的我卻失去了耐心，對感受和愛人失去耐心，尤其是感受。

我在夜裡整理房間跌倒撞傷了膝蓋，一定有了一整片不只黃紫黑紅四色的瘀血，比一個拳頭還大，以前的我會因為不合腳鞋子磨破腳跟，而把腳包成粿粽單腳沖澡。夜裡我卻只在地上跳了兩下，就倒在床上蒙眼睡去。在夜晚喝醉的次數也驚人的減少，上一次醉時胡亂傳了簡訊跟前男友道別，明明我們早已進行了無數次道別，道別到連手機都不想再聽我們道別了。起床後，對於無人回應的空白簡訊下方，雖然驚訝自己又道別了一次，卻不痛不膿的刪掉整個訊息，連不好意思的感覺都沒有。在所有漸次麻痺的感覺裡，失去不好意思的感受大概是最沒有耐心的一件事了，我在開關著的自動門、收票閘口與他人擦撞後說的每句不好意思，都不是真的不好意思，並且也能越快的在愛人面前習慣裸體相見，不再那麼不好意思。

不好意思我開始不再真心痛哭和深愛，有時只是走個過場的哭他一小時、想他一小時，就草草收工睡覺。

過完的每一天都會自動排列，整理成一份生活的凡例，一個月或是幾個月迸出一條新的生活守則。以前曾遇過一個教授，三十出頭歲數，在課堂分享他的生活凡例。他說三十歲後，他學著讓開心的事不超過一天、難過的事也是。那時的我懵懵不解，開心當然要開心很久，難過最好馬上不再難過，後來我編著自己的凡例，第二十七條左右時，我也偷偷編進了它，我懂得遲，但仍然明白了。難過是尖峰時段的捷運列車，你低頭錯過了一班，下一班還會迎頭趕來，而真正的開心卻成了離峰的公路客運，它駛來得慢，上路飛快。如果都只能一天，那一天多好。

凡例第三條，我養成了至少隔週回家一次的習慣。

習慣又要一分為二，在短短的週末分出一天回去小鎮，陪在已經老到不再出門過街的奶奶身旁。這灰舊而風格拼湊雜亂的老家，我有時窩在沙發床、有時攤在倉庫般的和室間與灰塵和積年老物一起睡眠。不知道何時它們被放進這房間，那藤編的搖椅生根似的在牆角，被舊枕頭、坐墊穩穩覆蓋，我不到半人身高時最喜歡學人坐在上面晃著，他們把這些東西搬進來堆著，看不見也丟不掉。我早就知道自己是一個念舊的人了，我推掉假日的室內攀岩、TED演講，因我一定要來陪陪他們，幾週一次的拂拭新舊灰塵，拂拭奶奶肌膚上的深刻紋路，怕灰塵悄悄的鑽進她肌理。

這一條凡例，讓我奔忙於城市和不再小巧的鎮上，鎮上開始湧入陌生人潮，排隊買著我已吃慣的菱角酥、東山鴨頭和鳳梨冰，人們把我擠得太後面，退出了那鎮的中心，風也開始吹不進鎮中，被人群密密隔起。餅鋪從騎樓擴張成豪宅大小後再也沒見過老闆出現，東山鴨頭的老闆脾氣一向不好，好幾次因為拿著剁刀對無禮的外地客人揮舞而停業一陣，我不是不怨那些遊人的，他們把整個鎮的耐心一日日消磨光了。我就陪著奶奶在家，看聲音開得很大的華語劇供她聽清對白，因她長長的人生太匆忙，匆忙得無時間識字就老了。

她會問起我在城市的工作內容，我無從介紹起那樣繁複充滿文字的工作，只能想了又想後告訴她，我在整理東西。

整理生活、歷史、紙張，整理他人留下的東西，整理自己。跟著一些規則，就能把事情做好，順便檢查這些東西裡，有沒有人一時恍神留下的痕跡，再把它們趕快抹去，沒有痕跡沒有個性的整理好一沓又一沓的字。奶奶大概覺得就如同她年輕時在高官家裡的幫傭工作一樣，把事物整理到應該的位置上，把孩子安撫到安穩的姿態上，其實也大概就是這樣。我們都在整理他人的生活，並且把這些變成自己的生活。

翻開這部辭典三十多年前的初版，蟬翼般的聖經紙透光，側頁上金漆，讓它闔上時看上去是整本的金質紙，現在已經很少見了，只有一些舊時的外文精裝書還這麼做。我不知道三十多年前是誰坐在我的位置上，一條一條如審視愛人的背脊般細密地看過這些文字，聽說當年他們自己刻字、自己排版並親手將文稿帶去日本印刷，這些沉重如磚的字再坐船緩緩運回台灣。

大概也曾有過一些熱情，對於跟著字走下去走到完成的這份志業，後來這些熱情變成了生活凡例第二十六條：「不要過度熱情」。我想，在生活放肆撰寫著第二十六到三十條的這段時間裡，我過了一長段很糟的日子，糟到可以不再提起。

不用下一個四年。有一晚我坐在回家客運上發現，日落的時間開始提前了，我聽到一些喀拉拉的打字聲，像是辦公室左邊那女孩的打字速度，我向左看去卻是一片燈火將起的景色。那時我知道我走不到下一個四年，卻不知道走不到的究竟是我、是城市還是這部辭典，我試圖閉上眼讓自己回到小鎮的夏日。

軌道旁有兩排長店鋪，是密集的各式診所和小型醫院，聽說從前的鎮上是大夫、地主最多的一座中部小鎮，它隱沒在山與海中間的一個小點，如今只以夜市聞名。舊診所一間間收起來前，會有老大夫在落地玻璃門後喝茶，茶泡在鋼杯裡，把老大夫的鏡框摀出了霧。閉眼後的我，一個人跑到軌道另一側的民宅門口，門後是兩個婦人，一個擀著水煎包的麵皮，另一個把一顆顆水煎包翻面，起鍋後我拎著一袋跑回家，奶奶睡在沙發上，沙發皮黏住她冰涼的膚，電視聲隆隆，我來到和室裡等她睡醒一起吃水煎包，忘記了為什麼姑姑叔叔們都不曾回家。黃昏時，奶奶還沒睡醒我先醒了，發現身上和頭髮積了扎實厚重的灰塵，斜而黃的黃昏令人頭昏，我掙扎而起，知道我和奶奶一定是被遺忘在這座小鎮了。

客運上的我睜眼，日已全落下。不用再一個四年，我找到生活底下的自己，她被放在那裡變成了很老很老的東西。

我想車更快一些的到家，那寧靜如鬼城般的童年，我一直知道是因為被遺忘。我依然在城市裡活另一種生活，買衣刷卡約會化妝，但週五一到時，我總是想閉眼、想摸到她微涼的掌。那千萬個堆積字詞為何不能讓它們永遠留在三十多年前的船上漂蕩？第三十一條凡例，我用粗體字標記下「**絕對不要遺忘**」。什麼都可以變，可以彎腰低下，但請不要遺忘。

那和室裡、沙發上有人，睡著了，但是有人。

# 秋日水逆條碼

大約也是這幾年，開始另一種與文字作伴的生活後，我才注意到水星逆行這件事。

兩年前，我從學校的洗石子梯走進了出版社的長梯，每日和同事並肩苦思著字體和排版。那時，有個同事總能精確提醒我水逆開始到結束的每一天，也能完美的把每件衰事與水逆結合。

我曾以為這種事笑著聽著，就從心裡過了。但就像小時候，我龜在沙發裡，徹夜斜擺著身體看的那些畫質斑駁恐怖片一樣。那一個帶著粗糙感的骷髏頭說著夜裡的奇聞怪談，B級片飛濺的血漿、埋下任何死物都能復活的墳場，它們都刺一般的長進了體內，偶爾忽然想起時，還會因尋不到片源而心癢難耐。

水逆萌發，也像一九九二年的電影 *Death Becomes Her* 裡，那一瓶讓梅莉史翠普、歌蒂韓美貌永駐的藥水一樣。許多我不以為意中碰見的故事，童年跟著大人看過的電影，都像條碼般被掃進了身上，我一路背著它們等待遇到啟動那些符碼的時機。

一年前的秋天，我在拉法葉百貨裡幫朋友從巴黎買包、買香水、買巧克力，像個馱夫般背著大包小包，卻沒一樣自己的東西時，瞄到了香水櫃上一件水晶薄管的粉紫色口紅。雖不是香水，但我就像被雷射擊中脖子上某個隱形的條碼，幾乎確定了它跟電影裡那瓶青春之水完全重樣。那高䠷有著奶油白膚的法國銷售員，無視我的目光，拿著一管口紅轉身，對著另一群中國女人說起流利的中文，從我背著的 Longchamp 和她們背著的香奈兒提袋間明確做出選擇。

我沒買到口紅，只背著一堆不是自己的購物袋，走進帶點尿味的微涼巴黎街巷，把這道條碼再藏進領間。那年的秋天，我決心開始探索自己體膚上每一道條碼，走過電影裡的城市、走進某個人曾叮囑過我，一定要來的每處博物館和葡萄牙海鮮餐廳。我花上了一冬一夏，和許多存款，讓雷擊不斷向我落下，每經過一處，就被狠狠掃過一回，終於從心底開始發出燒灼的味來。

那一季秋天的旅行，我發了嚴重的過敏，從倫敦一路到巴黎，從印度人開的老舊民宿到 airbnb 的閣樓套房，噴嚏不止。整管整管的鼻水與鼻頭擦破的血絲，是我每日晨起第一件要處理的事。每一張拍下的照片裡，我都頂著一顆粉紅鼻頭，身後是不斷變幻的古蹟與日夜。也曾多次因為罷工或是看錯月台，而坐上錯誤的火車，在凡爾賽附近遇見此生見過最帥的騙子。某夜，我在沖完熱水仍舊不斷的噴嚏中點開臉書，看見精通星象命理的那位同事轉貼了一則貼文給我：「秋季時，水星開始逆行到摩羯的事業宮內，會使得摩羯跟領導關係發生惡化，或者，自己在生活的計畫會出現強烈的阻礙，此時期不太適宜摩羯太快發展，需要穩紮穩打，把身邊瑣碎的事情解決好，才能有序前進。另外，也容易在旅行時出現心力不足的情況。」文章又再分析了金星的變動，看得我開始發昏。但確實在那段日子裡，因為我堅持請了長假離開而與當時的主管有所摩擦，可因果並非星相。所有的水逆、火逆，生命靈數落到流年，於我而言都是一種因為見著黑影再開槍的竄逃，在許多方面，我都是鐵桿子級別的硬漢。

每隔一段時間，總有朋友會推薦一些高人、老師給我，我想他們都曾經安定下了某個慌亂的心、撫平了某人未足的欲望，每當這時，我頸上的條碼總會隱隱泛癢。也許那老師只要對著它掃上一掃，就能觀氣知命，但我多半還是抓一抓自己的癢處，謝謝所有世外高人。

水逆就逆吧，當我們開始注意到生活某段長時間的不順遂，再以水星的順行逆行把它包裹、將它賦予定義後，水逆只好成真。這就像是一個先開槍再畫靶的預言家，次次都是神槍手。

而那同事總愛叨念的水逆，也在我離職後，密集作用在生活裡。這幾年裡，條碼變成燈塔，在頸間、額上、我的關節裡，不斷朝世界發出光芒，世間萬物都開始與它吸引相認。

二〇一六秋天的一場水逆結束前，我因為要開會而將雜物都丟進車站下的置物櫃。許多年以來，我都非常熱中把不需要的東西丟在置物櫃中，再去旅遊、開會、逛街。那一天我正巧在車站附近的場地開會，所以把比較不重要的東西留在大包包中，只背著新買的小巧側背包離開。

每一次來到台北地下街也都像是一場水逆，不同名稱的地下街區以不同的階梯連接，往上一層是被知名書店承包的街區，那裡冷氣總是低上幾度，有不知名美容品牌的小姐四處發送免費試用品，卻一定會在你抓住試用包另一端時，把你扯到櫃上填完一系列的個資、甚至做好膚質檢測，才有可能鬆開她們的手。與這樣的街區平行著老舊一些的台北老地下街，書攤已收得差不多了，算命的人們和盡頭的臭豆腐攤還在，那些算命仙會套上同樣的背心，一樣會在妳經過時，喊聲：「小姐，我有句話想送給妳。」

不論是算命仙還是專櫃姐，他們都和土耳其冰淇淋一樣，我們多半只有耐心入一次的座。而通往中山站的那條地下街，在我密集穿梭它的十年之間，已成為滿是鐵門拉下的行道了，不再成街。

那一天散會後，我循原本的方位走回那處置物櫃，它的所在卻變成了一片施工的空地，一旁還有工人在拆除管線。我只好拿著密碼紙和零錢四處找尋它，卻沒有車站人員回答得出我的置物櫃去了哪。東側邊的管理員跟我說，大概是移向了西側，西側邊正在施工的工人和我說我的那一櫃不在他們這，應該在南側。當我走到了南側，別說櫃子，連人都沒看到半個了。荒唐感大過憤怒的我，暗自清算著包裡的東西：一些便宜的化妝品、濕紙巾、影印的資料、連鎖餐廳的原子筆……放在那個多年前他給我的、破了角的舊包裡。

你的背包，真的背到現在還沒爛，但我並不願意陪它腐爛。

那天的最後，我一邊滑著水星逆行將在明日結束的分享文章，什麼都沒做就離開了車站，說穿了不過是一個將爛未爛的包包。離開時，秋天無雷無雨的午後，有一些舊魂靈從巴黎、從不知移置哪處的置物櫃裡，開始對我電擊。但直到車廂關閉，我也只是任頸後的條碼被燒成了一片焦土。

# 情歌的必要條件

一個完美的聽歌的時刻，是每一次心揪在一起疼得發痠的那些片刻。

我會慌忙的從包包裡掏出耳機，把捲成一團的耳機線粗魯的拆開，聽一首最痠軟的情歌，用極入耳的耳道式耳機轟隆隆的隔開行人，整個世界於是對我唱情歌。誰沒有分開與相戀過，所以一定能明白，相戀就是可以用只讓對方一個人聽過的卡通動物嗓音說情話、可以覺得對方香軟甜美，像是有全世界最軟的嘴唇。所有的情歌都是一種無病呻吟，但是呻吟無緒，情歌卻有。

從小聽的情歌太多，週末的花系列到瓊瑤連續劇的片頭片尾與插曲無一首不是情歌，我能一一細數與默背出彭羚、阮丹青、李翊君、許茹芸到許美靜，能唱能背如果她們有舞步我也一定能跟著跳。

你知道的，情歌一定要有一個愛情故事在後面撐著，才能稱為一首完整的情歌。那一年，蕭薔跟林瑞陽演了部說起來邏輯崩壞的連續劇，叫做《真愛一世情》，林瑞陽還是那個未婚、未從商也還沒把自己喝壞掉的白皙青年，蕭薔則一直是蕭薔，沒什麼其他可形容的。但那部有華服、雙胞胎愛情故事的連續劇縱然無厘頭的充滿了如乾德門每次出場總高聲喊著：施比受更有福一樣的台詞、劇情，仍然占盡了那幾年裡最華麗的所有主題曲。片頭曲是張學友對唱鄭中基的〈左右為難〉，片尾是許美靜的〈鐵窗〉，插曲還有許茹芸聲聲縹緲唱著的〈淚海〉和〈獨角戲〉。這樣的全明星陣容卻救不了那樣單薄的愛情故事，許美靜歌詞裡唱著：在原諒與絕望之間遊蕩，唯一的感覺是殤、殤、殤。濫情成災的情歌歌詞，在那一年裡算是到頂了。

壓不住情歌的除了連續劇還有那般年輕的我，而那之後我開始記不住情歌歌詞，說穿了不是那樣悲苦就是這樣浮誇的，也再沒哪首情歌能比過讓沒談過半次戀愛但能跟著哼唱的殤殤殤了。

索性我開始聽起別種情歌，在沙啞聲線、迷亂噪音的外國情歌中得到完全的安靜，Suede 年輕時顛狂的迷離眼神、Pulp 如唱如吟的 Common people 到 Yuck 華麗卻不完美的現場錄音，一首又一首讓我的聽力一絲絲的衰退，因他們唱得越嘹亮我便越寧靜。發現聽力的衰退，不過就這一兩年的事，我自己覺得就這樣接受吧，只是深怕母親知曉，她自己的左耳聽力在許多年前因病而完全消失，而現在的我除了一些旁人的耳語聽不清外，沒什麼不好的。聽不清也是好的。

許多年我不再聽中文情歌了，有次旁人聽了我總在聽的幾首自以為情歌的外國情歌，訕笑道這歌詞根本不是情歌。

怎麼不是情歌呢，每首歌都是情歌，只要播放在一個心臟會微微揪起發疼的時刻。

# 他鄉之客

某幾年的夏天，我經常坐上客運去台南，但不是回鄉，也並非旅遊，我找不著合適的詞，大概只能說我來看看這座城市和裡邊的人。那幾年，父親移居台南，在親戚的公司上班，短暫離開廚師這一行，帶著爺爺奶奶去南方養老。他們說，南方如此溫暖，換個地方繼續生活。

那時的台南只是一座還沒被包裝成台式古鎮的老城，美好非常。還沒在假日被觀光人潮覆蓋，高鐵未通，奇美未建，好吃的小吃店四處都有座位，我經常在暑假開始時，坐上夜行客運，來到這座城市。

但不知從何時開始，台南變成了一方聖地。

朝拜般的人群塗上白皮紅唇，網紅般的美色全都湧進神農街、穿透國華街、潮水般吞進每一間號稱百年的小店，從紅茶到牛肉湯、鮮魚、鮮果盤、火鍋、各式羹粥，說穿了不過都是行一些吃喝拉撒之事，可也沒錯，除此之外，人又能以什麼姿態渡世間艱難。

夜車總在夜最深時駛入終站，那時的我下街穿行入街道的中間，經常發現被夜露浸濕的柏油路上，已久無車痕，而父親的車正停在客運終點站對街的台南公園，朝我輕按喇叭。如果我有些餓，他會帶我去那些深夜營業的牛肉湯店喝一碗湯、吃上一碗偏甜的肉燥飯。這時候，我才會從被冷氣吹得暈眩的公路景色中回神，南方極暖，那樣的溫暖與深夜宵食、恆長像是沒有終止的學校暑假，如今想來比所有夢境還迷幻。

而父親一直幫我養著的那隻小狗，會在我剛放下背包時，咿嗚的跳進我懷裡。長長的車程，換她暖暖的腳墊子香，和她寶石般雙眼的凝視，對我而言，就是那幾年夏天最要緊與最好的事。

學生時期的我貪睡，經常能陷入長達一整個白日加上黃昏的深眠，在南都開著低溫的冷氣，抱著小狗一起整日睡眠。小狗的嗜睡令人驚奇，呼出微微熱氣的她，總能陪我酣睡到想上廁所，才會跳下床輕撓門板直到有人幫她開門，上完廁所後還能再跳上床與我繼續入眠。父親總說我和她同樣的懶散，但我卻覺得她才是真正的散漫至骨，畢竟人類的睡眠，總容易被化作逃避，她卻真實坦蕩、不需懷疑。每當聽見有人說起她，她都會不經意的擺幾下尾巴，或是抽動她小小的耳，向人示意她聽見了，再趴回原處繼續睡眠。

某幾個黃昏，我和父親會開車載著小狗來到黃金海岸，整條長長的海岸線上沒幾個人點，我們搖下所有車窗，讓她四處探頭張望。夕陽從燦金轉成梅子紅，我和父親一路無言，只是輪著抱住我們的小狗，隱約間透出一種公路電影的末世感。我不問他喜不喜歡這座城市，食物還合不合胃口？他也不問，這個整日整夜的睡著，側臉蒼白細微血管如蛛網密布的女兒，究竟在躲避什麼？

我並未躲著什麼，那時的情人如今已天涯兩頭，無數次的分手與重逢，把同一個戀人談成好幾段新戀情，似乎成了我的絕活。我從未躲避過所有情感的陰影面、自己的真實欲念，直到現在，仍是如此。我在深夜起來，熱菜熱飯，囫圇吞下，抱著小狗看每一部在第三季就開始走向荒唐的美劇，把幾乎被當光的成績單攤開放在另一個家中的書桌上，努力在失敗中維持坦然。母親和父親不同，在我收著行李去南方小住的夏天，她經常問我到底想過什麼生活？

可是母親，我並不是在逃向南方，也沒有逃避生活，我只是沒有想過任何一種生活。我花了後來的很多年，才找到某一種、唯一一種對生活的熱情，又再花上許多年，才說服自己，熱情並不總是可笑。

躲避者，從不是我。

父親聽他弟弟的話，帶著一家老小，住進南方的老透天厝裡。白日在他弟弟開的骨灰罈公司上班，入夜回來與奶奶一起做菜，不知道他是否發現了，搬家後爺爺只從一樓到三樓不斷的行走、遊蕩。從前在父親的餐廳裡，他總習慣站在櫃檯前，結帳、聊天、對著客人發些看完新聞生的怒氣。可在台南的家裡，他無法如此生活，無法過他三十年不變不動的生活。於是他終日爬著樓梯，四處打開我的客房、父親與奶奶的房門探看，下午獨自一人走過永遠無法熟悉的長街，走到運河邊，對窒息般溼熱的街道搖頭。

殘忍者，也不是我。

那年爺爺已九十多歲，他的生命就像一場無止盡的南遷，從七十多年前開始，他只能離家越來越遠。如果你問我什麼是殘忍，我想就是人一生都無法決定自己的去向，即使是被決定的好事，還是殘忍。父親和叔叔都說，來台南讓我們一起照顧你，可是那堆滿各式黃玉、岫玉、木紋石、白冰玉的地下倉庫，冰冷的骨灰罐子，沉沉地壓在我們每個人經過的腳邊。我總覺得那些玉石美麗卻不祥，充滿死氣的暗示，卻不知道爺爺怎麼看待它們。

偶爾在日出前還清醒著的我，會騎上家門外的那台老機車，戴著有父親頭油味的安全帽穿過這城市。這城市的路出奇好認，即使是google map還沒主導方向的年代，走錯了路也能輕易轉回南門、中正路上，沒什麼路口與小店是一旦錯過就錯失的。我會在城市的白日如燃燒般地焚熱前，去買爺爺喜歡的克林台包，一次買齊各種甜味裝滿一大袋，再像趕集般的一路直行騎回安平港內的河岸，右轉入巷，跳下機車，走進那間我怎麼都無法看待成另一處「家」的屋裡。

我與爺爺並不親近，他行軍式的生活、精瘦到顴骨高突與精亮的雙眼，和我自小就沉默到底的生活方式無法重疊。但我仍會在他晨起前，把各式口味的甜包擺滿餐桌加上紗罩，才放心與狗入睡。曾經我以為，這樣的南方暑假會一直延續，一路到我離開校園。卻沒想到我讀了比任何人預期都長的書，暑假被無限延長，南方卻如斷弦一樣中止了。

像是雷擊，我在那時選擇放生的人事之中，找到了某種終於願意生活的熱情。但熱情兩字，說起來除了彆扭更引人發笑，至少當我好幾次說起時，總會被給予一種深深祝福的眼色，雖然熱情是最不需要祝福的事。

為了寫下去，我只好寫與讀更多的東西，一邊工作一邊走著。多年後，也願意為了生活而寫、替他人的名字書寫、寫絲毫沒有共鳴的勵志文、談理想。後來的老闆對我這個小小的分身，偶有不滿，尤其是他高談著想在書中加進哪些更啟發人心的故事時，沉默的寫手總是保持沉默。有那麼一次，他在會議中問起我：「如果你對我提的未來沒有共鳴，那你對什麼樣的未來有呢？」我想了一會，回答他：「比起外在的成就，我更在意自身的完滿。」

完滿是什麼，我還沒有多想，老闆已替我解讀成：若他追求的是大幸運，我則甘於小確幸。而這一回合，沉默的寫手依然對「小確幸」一詞，成功的保持沉默，只因我選擇開始生活、如此生活。

而這一切都只為能繼續自私的書寫，焚燒熱情需要懸命以對。熟悉我性格的老師說：「沒想到你能接受這樣的生活」，多年來，母親與老師總關心我的「生活」。但對我而言，重點在活不在生。有些人的生路長遠，像我爺爺擁有著過人的高壽，但我在他每日移動聊以自娛的路徑中，從沒感受到活著的力度。不是沒有喜悲，卻都是過眼的喜悲。

回望南國的暑假，不過須臾數年後，父親就帶著老人與狗回到了中部老家，沉默的女兒繼續沉默，不問也不管是誰搞砸了什麼或是誰放棄了誰。總之餐廳的油煙又起，爺爺站回了櫃檯前，卻站得不那麼穩了，連看了政黨交替的新聞後對客人發的火，都沒那麼嗆人了。

接著高鐵開通，企業大亨在台南的南邊蓋起了神似迷你凡爾賽宮的博物館，聽說那些老店的標價翻了將近一倍，滿城盡是老屋重生、青年回鄉。這座城已非那座我曾在夜裡跳下客運，與父親一起走進的城了。

而後來的後來，爺爺與餐廳的後來，南方的那間屋子、那隻寶石雙眼小狗的後來，大致都好。除了爺爺，所有的一切都在持續變老。老屋子裡堆滿了更多玉罐子、父親餐廳廚房的天花板燻得更黑了、小狗成了老狗，但仍在我床側堅持睡著。爺爺不再老了，這樣也好，可不管他或我，都沒想過這故事的最後卻是另一場南遷。

叔叔替他在台南熟悉的合作墓園中買了一間小房，塔位明亮、電子香火，師父們初一十五會主動念經祝禱，聽起來無可挑剔。告別式的前一晚，家人們要我寫一段供司儀追思、感謝眾人參與的話，我看那滿紙的賓客名單，沒有一個是聽爺爺說過的人，我想他的朋友不只不在南方，大概已不在任何一方。提筆時，我忽然想起〈滕王閣序〉裡那段：「關山難越，誰悲失路之人；萍水相逢，盡是他鄉之客……」

而南方的夏晝，果真如流火，告別式那天是我第一次真切走進台南的白日，從告別廳一路步行到火化場。那天叔叔張羅了半城的舞龍舞獅和電子花車，一旁供客人吃的酒菜沒有斷過，司儀把我的稿子以爺爺聽不懂的台語流利念出，當然沒有〈滕王閣序〉。

我和爺爺說了，我們都不要心酸，就當我們與這座城市和滿廳的人，在告別那日，初初相逢。

# 北水經注

## 一、河溝

河水向北。

最喜歡一座城市的小河小川與小水溝，尤其是上面有一座佯裝成馬路的陸橋那樣的河溝。也喜歡像是大阪道頓堀式那樣的河溝商店街，我想起幾年前走在入夜的道頓堀河邊，下了一座小小的連堤樓梯，走在沒有苔蘚與紙屑的河邊，頭頂上霓虹將大阪天空閃爍成白夜，一粒星塵都沒見到。我在河堤下乾淨的道上找一間拉麵店，以自動筆歪歪斜斜寫在筆記紙上的店名和簡略地圖，從河的中段找到上段，終於找到堤旁石頭色的民宅掛著小小的草寫招牌。不會日文的我點錯了一碗沒有叉燒只有乳白湯頭的拉麵，佯裝無事呼嚕吃下，卻是從未有過的好吃，連殘湯蔥末都沒有留下。走出拉麵店，道頓堀川夜漸深，兩三名日本女郎在路邊的椅子上拿大立鏡化妝，妝容精巧，笑中有香。

我穿登山品牌的防寒外套，她們穿毛呢大衣，長靴下只有薄薄褲襪，拉上拉麵店的門我吐出長長白霧，大阪開始下雨。這條河川幾無水流響，等雨落在河上才有搭搭搭的細碎水滴撞擊聲。日本女郎們回頭看我，我素顏垂髮，微一點頭就撐傘走入雨中。那時的道頓堀川是我最愛的大阪一景，勝過無數與人的相遇分離。

台北幾乎沒有這樣流經城內的河溝，河溝並不是指臭水溝，它是有河流通過的市區河道，在周圍蓋與路面同高的堤或是路橋。

家鄉台中則有由梅川、柳川、綠川和麻園頭溪構成的四條市內河溝，童年的我經過它們，除了暴雨時水流轟轟直逼路面，無雨時大多潺靜，於是它們就像隱身於市街一般，極少被人提起。水道無聲息地環抱城市，於是市裡有許多依著它們的溝邊餐廳，經過時無臭無香，只有多子的榕樹落了一地粉。記憶中深刻的還有梅川邊一家辣妹檳榔攤，招牌上掛著的「梅川布拉甲」店名，到我離開家鄉後，依然常常想起而在街頭失笑。

關於河水的清濁，不知哪部電影的片段說過，它載著太多的人和回憶，不得不骯髒起來。也記得一個歌手說起家鄉那條河，它並不只是條臭河，重要的是人心裡清澈，河也就清了。台北的臭河愈來愈少了，但城市裡愛河的人仍舊不多，那幾年我來到這座城市，總在車陣中穿梭，找尋一座藏身路橋下的河道，但多半過寬、有時又離城區太遠，終究沒有機會愛上另一條河。

## 二、運河

河水向南。

我坐上小艇渡運河，台南的運河邊我與男孩牽手合吃一碗黑豆花。我坐上大船渡運河，洞里薩湖的水比黃河還黃，河上成千的無戶籍越南人，舉高高的手賣鮮花、河魚，有孩童坐在大型不鏽鋼臉盆裡划槳，身上圍著小蛇吐信，只要一些零錢與糖果，我與男孩牽手，約定再來看他們。

那年我們在洞里薩，上船吃旅行團安排的鱷魚餐，鱷魚就圈養在船與船圍成的小池裡，氣息奄奄，無法記得鱷魚的滋味。出運河口下船，有成群小販在棚下賣紀念品，在當中赫然出現自己下船那瞬的身影照片，從不遠處偷拍，角度不好但卻清晰。我們沒有買下、沒有買下攜手跨越運河的那張照片，於是之後，我們也沒有留住所有一起跨越的時間，像是等了兩小時等到天色大明，仍然沒見到雲後太陽形狀的日出行程。

像是後來的後來，我一個人回到台北。

台北城裡沒有運河，但有長長的河道，寫基隆河與淡水河的故事太多了，我還沒有屬於自己的淡水河故事。但淡水河確是極美，車行重陽大橋，夜裡河面與車燈交映，順著淺淺散光的視線看去，時間與我也確實可以都停駐不前，而一年、兩年、四年、八年，我總是坐這條路線的車經大橋，三分鐘後便下橋轉向重慶北路，我所能停止的時間也只有短短的三分鐘，這八年來不變的只三分鐘。

這座城市像是我一個人的，你們與童年輕易就驚心動魄的生活都不在，我相信，有某種神秘的東西逼使我一個人獨自生活。那年初戀的男孩想趁連假來找我，從新竹上車在台中醒來，我在十月國慶的北車街頭等到一通電話，告訴我他坐錯方向，走錯南北，下錯了站。語言斷續，我真的忘記了他是否換上另一台車來到我身邊，只記得清那天國旗在街邊任人們經過的樣貌。

我只擁有最最寂寞的夜晚，與那一台伴我騎過所有四季街景的機車。因此那些年過後，我再也不懼怕寂寞，習於並懷抱寂寞。當男孩不在老友四散，我才發現我的形狀是尖銳的，尖銳到戳傷周圍所有的人、甚至圍觀的人。寂寞到頂點的那年，我與舊時室友決裂，她躲進男友房裡不再回家，我在課餘時間騎車終日，不顧不望。大吵一架的時候，會在深夜躲進附近的麥當勞或是書店廁所大哭一場，然後比平常都淡然的關門、買單，在電話裡跟家人朋友說我很好，一切都很好；會在凌晨騎車到象山不遠處的二十四小時美式咖啡店，半夜兩點吃一份套餐，直到有天吃遍一輪所有餐點。

從北城最快到達那間餐廳的方式，是穿過復北地下道再穿過東邊市區，變得更加溫潤的除了我，也許還包含台北的風，那時我穿最厚的羽絨外衣、戴全副手套與口罩仍然不敵風滲進的刺痛，如今卻已好多年不再那麼疼痛。

這城市的夜晚其實並不熱鬧，始終是空蕩蕩的。就像那年過後的我，終於可以坦然寫下陳年的舊傷口，除了因為不再尖銳、開始四處應酬、習慣笑得嘴角發痠，也因為我們早被沖得更淡更遠，不再流經同一河道。

台北城的車流便是我青春的運河。週五的尖峰時段裡客運、機車、計程車如水潮，帶有溫度的水流運我向前，水流漫延流轉甚至溢出盆地，後來另一個男孩陪我走過運河流經的台北街廓。我們在他賃居的雅房裡煮兩人火鍋，下課後先騎車滑行過車潮，在早已忘記街名的北投舊市場邊，滑行分開兩旁潮汐，滑行、然後分開。八年前的事情，我終於記不太清，熱氣蒸騰的火鍋成為一個記號，留在地圖上北投的位置，也有點像是一個溫泉記號，有一天我想我會真的忘記。

終於我靠自己找到一條運河，它在承德路上往通河街時右轉，中山北路直行，直行至……至我記憶中的一列住址，機車上有人熄火，拔起鑰匙，記憶的水聲隆隆，那女孩沒有回頭。

但我知道她的眼睛裡一定映著重陽橋上的沿岸燈火，至今仍忽明忽滅。

## 三、河濱公園

河水又北。

這裡沒有舊城型水溝、沒有真正的運河，但卻有許多感覺一定經過都市計畫的大型、中型水道，還有許多的河口與河濱公園。河濱公園的名稱逐年在變，大佳、迎風、彩虹、圓山，說起河濱公園我絕對比河流熟悉。大約是在五年前我開始跑步，沒過幾年台灣路跑忽然盛行，夜晚的河濱開始出現裝備破萬的青年男女，鉛筆腿、螢光鞋、防水風衣，而開始時我只是想流點汗。

長跑是一種苦痛，每次過八公里轉彎上橋的坡道，我都會想說就這麼算了吧，汗也流到運動內衣都濕透了，可以轉身回家。但橋的那一端大直摩天輪確實很美，以汗水洗臉後拉筋拉到全身痠軟，我喜歡那樣的自己，就像化為一道溫泉柔軟炙熱，代替不會游泳，無法沉潛至蜿蜒水流的遺憾。於是我便一直這樣跑下去，跑到十三、十八、二十公里後跑下去便不再困難，把所有的河濱公園都跑成了自己腳下的水道，環繞住整個東北邊的城市，也環繞成了右小腿的反覆發炎。

我經常跑在戴著專業三Ｃ配備、ＧＰＳ手錶的跑者中間，任手機音樂胡亂播放一些老派情歌或是其他聽說根本不適合慢跑的歌曲。那些經過的籃球架，在汗水迷眼的晚上，一柱柱的站成了人影幢幢，不知道是誰說城市光害所以看不見星星，每一次我抬頭，總還是能看見許多灰撲撲的星閃著，數也數不清的閃著。星點下的我有時候學著配速跑步，一公里六分鐘或一公里七分鐘，心情差點的時候跑一公里四分多鐘，這一年我剛過完二十八歲生日、這一年跑了兩次半程馬拉松，發現我所能跑完的里數果然也隨年紀一年一年增加，是否因為我更能習慣與自己一人並肩。

二十八歲這一年，有許多人說過愛我，在海邊、明信片上、手機中、生活裡。男男女女的祝福和卡片、禮物、擁抱一起甜蜜的吞噬了我，甜蜜的令我害怕，令我除了感謝還需要更多更多一個人的時間，把自己隔絕在太多的愛外面。一個人的時間不夠時，我暴躁的無法隱藏，不是無法對別人隱藏，而是無法對自己。忽如其來的請一小時的假，把自己關在房裡看著寵物的照片，忽如其來的一人吃光小吃店裡的一桌菜，忽如其來的跑一整晚的步，把河濱的燈光連成一條光流，試圖在光流上站穩跑回從前，即使從前不如現在快樂。

也會忽如其來的想起一個人。

那人是我地圖上最深最冰涼的那條河谷，像是《魔戒》裡迷霧山脈峽谷下總有的那條黑藍色水流，它就隱沒在一座座隔開摩天輪那面河岸的橋底、盆地底，有心跳聲搏動，一聲聲說著來不及、來不及了。於是我一夜跑快過一夜、一年再快過一年，料想會這樣快到我的心臟再也負荷不起的那天。其實我並不是最擅長長跑，年少時在校內外參加一百公尺短跑比賽，十三秒長的賽道上如在風裡舞蹈，那時的我並沒有得過多好的名次，但總是在可以參加比賽的邊緣，我在邊緣無憂慮的跑到了那一年左腳的韌帶撕裂，傷好後的我從此慢了一秒。那一秒是我無法繼續參賽的原因，是我再不能無憂在風裡奔跑的斷點。但至少現在的我仍在跑著，整座河濱道上不會有人對我喊著就位、鳴槍、衝線，不會有人在意我無法跑出的那一秒，我想整座城市裡都不會有人在意。只偶爾聽到那條黑藍色河流低喃的流過腳底，我曾嘗試追逐，追得離家太遠，追到再也聽不見它之處，那時候，我才會懷念失去的那一秒。

二十八歲這一個月，我終於不再到河濱追逐那條魔幻河流。工作的地方附近有新蓋好的運動公園，跑道圍著流線的現代大樓，大樓鏡面如湖，整個城市水般的亮著。即使我不再追逐無法超越的一秒，但仍希望它繼續在迷霧山群中自由奔流，即使是各自奔流。我們都是某一人追尋不著的那條河，彎彎曲曲走著跑著流著，彎彎曲曲的老了。

猜想二十八歲後的我依然還會在這市裡的巷道間，找一條真正想愛上的河，用我最盛大的流勢，止不住的向前，管它又流去哪。

# 築地三點的熱咖啡

年底前，我正安排著再次去東京的行程。

苦悶於台北遲來的冬天，和期末年終的公事與私事，即使如此，大致上我仍表現得心平氣和。年輕時，必須靠偶爾逃學、蹺課、昏睡，才得以逃避的生活低壓，無法喊出聲來的逼仄，託許多人的福，早已能平常心看待。與壓力一起安詳共眠，是三十歲後的新本事。

我是那種旅行時需要計畫的人，如果要無計畫的走也是可以，但一定要先計畫好這是趟不需計畫的旅行，如此我才能安心。許多年前，第一次去東京，那時的我雖已大學畢業數年，卻還沒有真實的工作經驗。相較多年的好友們，有些早已升為業務主任、有些是組長，再不然名片上至少也會寫著某種頭銜。而我和那時同一個研究所的同學們，在偶爾的對談間，都難掩心深處的恐慌，即使很淡但仍然存在。後來，有一些同學退出了課堂，休學休成了人妻人母，或是休學為了不落後其他同年的朋友太多。但這樣的追趕果然是沒有盡頭的，於是，追著追著就離課堂越遠了。

沒有時間去分辨，留下的人是勇氣還是傻氣，總之我一直留在了教室裡。努力從補助與擔任助理的金錢中，少依靠家人一些，結果多半徒勞。我和當時的男友L，就在我無法前行也不能後退的這幾年裡，嘗試著，走了一段。

第一次去東京，差不多是聖誕前夕，我們決定住在汐留，沒有觀光團入住的、商辦間的新飯店。夜晚的汐留，是無盡的空橋接駁，連著一棟一棟的只剩景觀燈亮著的大樓。低溫不斷，從銀座的商店街往回走，燈火次第的暗，忘了我們有沒有談話，那時的一切除了景色，皆已不再。

汐留在銀座與築地之間，晚上我們一起去了汐留塔上的餐廳，可以看到遠處的東京鐵塔。我們在餐廳裡靠窗的位置吃和牛，牛很好吃，遠處的鐵塔透過我散光的度數看去，被分解成無數細碎的橘黃小點。想打下些對話，卻是一夜無話。但我非常喜歡汐留的無數空橋，初雪剛至的東京，樹上沒有積雪或花葉，全掛滿了細小的燈，火樹銀花。夜半的商業區沒有行人，就像我闖入了一座耶誕空城，只是那座城裡，總有人溫柔的看著我，不管是我奔跑或是慢行。可那時的我就是說不出口，其實我不喜歡別人總看著我。

初次去東京，總不免去排一次築地裡號稱最便宜的江戶前壽司店，幾間出名的店據說要在凌晨四點前排隊，才能如願在開店就吃到。那天，我們沿著天色全暗的路往前走，深夜剛下完的淺雪變成一處處積水，魚市場的味道漸漸清晰。忽然，我想起那時深怕築地市場就要搬家，無論如何也硬著頭皮的起早，不然即使出國旅遊，我一向也都是堅持不在八點前起來的。過了好些年，如今再去，以為能剛好趕上新市場的開幕，搬遷的事卻也被政府一句話取消了。

築地還在，但我不會再在三點前去了。

我穿著登山用的防寒夾克，擠在離店一百公尺外的路邊，三點的築地，名店前已排滿各國遊客。一呼吸就變白煙，睏極的我不願說話，L忽然找了一個行人替我們拍照，素顏的我照片慘白，就像不甘願入鏡。後來，L離開當時的設計公司，隻身又去了東京，在朋友的轉述裡，我彷彿看見他回去拍下的六本木、回去看見的清水牆，但我知道，他大約也不想再回去築地了，即便是一趟剜心剔骨的旅行，仍有它的極限，這點我比他更清楚不過了。

慘白的我，短髮，是我二十好幾歲還在研究所時的標記。後來出了一本書，當年的指導教授為我寫了篇書評，當然，我是在書評刊登後才輾轉得知的。從小的我就彆扭得厲害，進了研究所後，卻忽然自在了。因為那是個不需要社團、小組報告，或非得要參加導生餐會的地方。當我忙著一個人時，總有其他同儕更不常出現，沒有班級、沒有必要的社交責任，這令我前所未有的安心。我心安理得的晝伏夜出，夜被授權無限延長，也隨心所欲的穿衣化妝。

於是，當我翻見指導老師書評裡，她寫著的我是「黑色指甲超濃眼妝」、「齊眉劉海娃娃」時，深自檢討了當年的打扮出了什麼問題。但我確知，我從來沒有黑色的指甲油，猜想老師當年是看見了那瓶我喜歡了很長一段時間的紫黑色甲油，它還有個很襯它的名字：「深夜的林肯花園」（Lincoln Park After Dark）。它不是純黑，更像是在黑夜中看見的櫻桃色。

我以為的我，果然不全是我。所以，當時的我是如此的自以為，深信別人一定也能看見深夜林肯花園裡的紫豔紅，卻只是把人拉到了他們不習慣的夜裡，逼他們張大眼睛。就像L，不顧一切的把我拖進他的清晨裡。

常聽人說，夜與白天交會的時刻，是神鬼都跑出街道，界線模糊、天地一體的時間。在日本的古代傳說裡，特別把白天變作夜晚的黃昏之時，喊作了逢魔時刻。那時天色昏暗，鬼魅出行，人一不小心就會迷失了回家的方向，撞見白天遇不見的鬼神。我從築地的三點等到了五點，天色迷濛亮起，於是我想，黎明與黃昏不都是同樣的嗎？在交界之前，有一模一樣的景色，月與日平行，雲霧皆低。我環顧四周，在安靜之中，想到了小時候戶外教學時，老師總會在黃昏前，把在台中港邊低迴於濕地中抓沙蟹的我們一個個撈回，一邊嚇唬我們：「晚上的海，陰氣很重。」不知什麼時候，你離開隊伍，在我恁自幻想百鬼出行身邊之時，才回來，拿著兩杯咖啡，一杯給我。

日本的咖啡，應該說，咖啡歐蕾總是非常甜。日本的和果子、飲料和一切甜品，也都如此的甜。甜沒什麼不好的，我就是個嗜甜的人，反而最怕聽見人品嘗甜品時說：「這甜點很好吃，不會太甜。」

不太甜的甜點，就跟沒有全力以赴的情感一樣，連讓人留下牙關顫抖的感覺都沒有，就成過眼。原來，在壽司店旁的咖啡店先一步營業了，大概是賣給一些剛卸完貨的工人，補充熱量用，於是咖啡的甜度更是驚人的高。

我捧著那杯咖啡，貼著臉頰。在零度的戶外站著兩三小時，大概也耗去了我全部的熱量，第一口咖啡是令人感激的甜。當我試著回想，我有沒有好好感謝L時，卻發現我疏懶欲睡到，只在乎築地裡有沒有藏著海鬼海妖，躲在了自己的幻想裡。

壽司店極小，頭尾不超過十三人的位置，我和L是第二批進店的客人，席間還有幾個英國人和香港人。每個人都是一樣的套餐，清一色大家都是板前的位置。然後是一個個壽司，由每個師傅都稚嫩如童的手翻轉、包覆、輕擺在桌前的食台上。鮪魚、金目鯛、秋刀魚、北寄貝、鰤魚、青森海膽，我一路專心的吃，雖然說不上美味到需要三點來排隊，但是同價位在台灣大概也只能吃一輪日系百貨地下的旋轉壽司。那時的我只顧著看華麗的手勢與新鮮的漁材，若讓現在的我再選擇一次，我寧可轉頭看看L是否一切安好。出了壽司店，L跟我說，其實他不怎麼吃生魚的，用餐間因為生魚的口感不舒服了幾次。

我知道，所有L說出口的難受與他為我所做的事，都要再加乘。他是那種柴犬式，忠誠而死心眼的男子，會偷偷託人幫我買那時只在日本、香港才有的甜點店，再用他覺得最不難為情的方式給我。但在我開心時，卻藏不住自己嘴角的開心，有隱形的柴犬尾巴搖曳。所以當他說出不太舒服時，我才想起，從沒看過他吃生魚片，他其實是不吃的吧。一瞬間還分神想了，人會不會也可以像那些小貓小狗一樣，當自己不舒服時，就找個地方躲著不讓人擔心。

築地的八點，開始雜沓。

融化的積雪也被踩成了魚市特有的水窪，我想起日劇《大和敗金女》裡，繼承父親魚店的男主角，也是洞察人心的溫柔，那種將人心黏著起來動彈不得的溫柔，可那樣的溫柔，留在日劇和魚店裡就好。我拉著L，慢慢回去。卻絕口不提他為了我吃光的壽司，說好要請他吃這一餐，想著至少可以一起享受海膽融在舌後那種奢侈的溫度。付完帳後的我，不免忿忿的想著世間上其實並不需要這種付出吧。L的好，那種細心到顯出他人自私的好。

那一次的東京，終究變得不耐，許多類似的回憶變成像一片厚而悶熱的衛生棉一樣，黏在身後甩也甩不開。但一段感情怎麼都無法簡化成，丟棄衛生棉換成棉條一樣的單純，這是誰都練習不來的。

終於，許多年後，我已能無罪疚的說服自己面對他，認清沒有每一段關係都需要受害與加害。若說傷痕，那種咒念般的付出與眼神，也是後來的我花上一長段時間的逃避才得以康復的。

午後，我與L約在森林公園旁的咖啡館相見。

話題繞回那次的築地與東京，能忘記的我幾乎全忘光了，當然也假裝自己沒看過他重遊時拍下的舊地、走過的瀨戶內海，也逼自己不要想起他獨自跑去我老家餐廳拍下那些食記一般的照片。想起我居住行走過的街道、門口與窗外，已與我無關的L，獨自徘徊走過，比恐怖電影還毛骨悚然。掛念與執念，本就一線。他溫和如以往的點了熱飲，講起他家領養的柴犬近況，卻忽然放下杯子，直視著問我是不是不喜歡他的狗，說起當年，是因為我喜歡柴犬他才決定養的。

其實我是個極愛狗的人，曾經一次我路過工廠，看見他人將幼犬棄養在水溝中，近兩人高的水溝道裡，幼犬哼唧哼唧的不可能逃出，一半的身體都在泥水下。我穿著剛買的淺灰雪紡西裝褲，顧不得捲高，就跳進水道裡撈起牠們，直到回到地面才發現自己早已全身髒汙。

點了杯榛果熱牛奶的我，像是手上還留有幼犬扎實的心跳和泥水的觸感一樣，只一直低頭看著雙手。

不得不，再次想起他在築地遞給我的那杯熱咖啡，在冬季的海濱，顯得熱而熨貼，我很感激他為我排長長的隊吃他討厭的生魚片。大多數時候，也很感激他相機裡的我總是比別人光亮、美麗。但嗜甜不代表喜歡甜味咖啡，感激也不是感動，沒有道理喜歡所有的狗，也要包括他彷彿為我而養的那隻狗。我想開口對他說出這些，卻被他溫柔如海的眼神包裹。

他輕輕用他溫熱的手心，蓋住我因為激動微抖著的手背，就像最體貼人的長輩一樣說出：「我都知道，沒關係，因為妳心裡還忘不了那一個人。」所以分手他理解，不愛他跟他的狗，他都一併理解。

我終於哭了起來，為著L根本不知所謂的理解。那一瞬間，我想了許久才知道他說的那一個人是誰。這是L的幸福與自圓其說，這是L從凌晨三點裡遞過來的溫柔，L從沒在聽，L喜歡他非常理解的我。可討厭悲劇且充滿惡意，才是真實的我。

我不體貼的硬幫L也付了咖啡錢後，走入天已全黑的森林公園裡，跑步的人群還在遠處，抓寶的人在廣場。

想著這次去東京要再買件新大衣時，我身旁的樹叢卻傳來一陣海風吹過故鄉濕地的聲響，往裡看去，黑暗中向我湧出了一大片濃厚的櫻桃色。

# 告別七月與安生

一個人走出金馬特映的《七月與安生》散場時，是西門町的十一點了。

飾演七月和安生的中國女演員，眼神明亮，穿著華服謝場。馬思純妍麗沉穩、周冬雨靈動如妖。這部電影由曾國祥導演、陳可辛監製，改編自中國作家安妮寶貝的短篇小說《七月與安生》。與小說，幾乎是完全相反的結局，甚至與我初讀《七月與安生》時，揣想過的主角面孔，也不大相同。安妮寶貝在電影開拍時說過：「小說與影視是不同的載體，所以不該苛求或期待完全符合原著。」從西門坐上公車，一路上我從大銀幕上的《七月與安生》想起了這句話，接著想到了安妮寶貝。大約一九八〇年前後出生，讀過一些網路小說的人，都聽過她。

一九七四年出生的安妮寶貝，本名勵婕。二〇一四年時，宣布將筆名改為「慶山」。

從安妮寶貝的第一本書到慶山的最新一本散文，走過了十四年，安妮寶貝也早已從網路紅人，變成暢銷作家。今年，她私人微博的關注人數甚至破了一千萬人。這一千萬人都曾讀過的安妮寶貝，在我的閱讀歲月中，卻不是與太多人分享的存在。

在MSN、即時通尚未發跡，人人都還習慣使用ICQ的年代，安妮寶貝在網路上發表了一篇小說《告別薇安》，接著又以《七月與安生》、《彼岸花》不同作品引起關注。我在網路中，輾轉讀到了她的長篇小說《彼岸花》。接著在她一連串風格鮮明的早期作品，像是《七月與安生》、《彼岸花》或《告別薇安》、《喬和我的情人節》……這些小說中，發現了她筆下一個永恆的主角，或是說永恆的一對主角。

小說裡，永遠有個名字帶著「安」字的女孩，不論是Vivian、

Angelene、安生，或只是「安」，幾乎沒有例外的活在她所有作品中。而這個「安」，也令人不免去猜測、懷疑，是否就是安妮寶貝自己的縮影。而除了這個叫「安」的女孩外，也總有著另一個女孩，或許陽光一些、漂亮一些、聰明一些。這對女孩會在她的小說中，不斷的相識、分離，有時有好的結局，有時就像《七月與安生》一樣，生離死別。比起她筆下的愛情與男主角，那些小說中的女性，總是描寫得更好更深。女孩間的「愛殺」，一體兩面的相生相嫉，是安妮寶貝早期小說中，寫進女孩心底的字。

因為，每一個女孩，一定都曾有過另一個與妳徹夜談心，挑選內衣花色、交換衣服，共享床單的女孩。在她的小說中，我們讀到了自己。

細看她的小說，初一眼全是目眩神迷。

早期的作品背景幾乎全在北京與上海，城市到了她筆下，全像醉了一般。

梧桐樹與梔子花開滿城市角落、淮海路成排的 pub、無數大牌店鋪一一唱名，還有各式的香水氣味、棉麻的衣料品。不難看出，安妮寶貝小說中的物質世界多麼迷亂，而她也似乎非常享受這樣的迷亂，不斷加入更紛雜的形容詞。「陰鬱豔麗，飄忽詭異」，是當年寫在她其中一本書封上的文字，也確實如她筆下喧譁般寫著的不同青春愛情故事一樣。只是這些故事中，女主角的喜好、名字，總會如公式一般的被重複。這樣的重複卻是刻意的，在一次受訪時，她說道：「我是故意重複。為什麼小說的人物一定要更改打扮或個性？」

這類近乎永恆的書寫主題，也不只在她的作品裡出現。張愛玲小說中女子的世故、心思、喜好的衣著，也總有幾組固定的風格。而邱妙津作品裡備受折磨的女同志書寫，不也是一種尼采式的「永劫回歸」（Die Ewige Wiederkehr）。

初讀安妮寶貝的幾年後，學院的課堂上，我第一次與人談論到她。那時，有人說她就是網路作家，挑了通篇她的語病，勸我換個報告題目。而我也總算碰見了文學之中，涇渭般的軟、硬之分。他們說，那樣的文學太軟，那樣的文字太亂。當人生走到了三分之一，當我因為工作、學習，必須放更多「硬」知識在我腦海，卻決定為文學站得更挺後，那些人卻也早已離開課堂之外。我來到了被稱作大人的年紀，超過了小說裡安生跟七月總嚷著不想活過的二十七歲。

安妮寶貝也是。

二〇〇六年出版的長篇小說《蓮花》，是她從都市走入邊疆、從香水改燃檀香，開始讀起佛經的一部分水嶺。小說的背景拉遠到拉薩與蓮花聖地墨脫，她以雙腳行走，不難發現和她其他小說一樣，都是半自傳式的，她在以小說渡劫。但她終於與那一對永恆的女孩告別了，二〇〇六年後，她結婚生子，在北京郊外有片小農地，她的散文《月棠記》裡寫著一段生子的經驗：

我的預感是對的。十月一日，剖宮產，經歷了三個十分痛苦的階段：

宮縮、下床、漲奶。等我從疼痛中恢復過來，女兒已經被護士洗得白白淨淨地抱來了。我抱著她，身邊陪著那個愛我的男人，一時錯覺自己抱著一個播種施肥除草澆水最後挖出來的碩大番薯。只不過，番薯種在地裡，女兒種在肚子裡。

那樣的文字與安寧，大概是七月跟安生都無法想像的，也是年輕時我想不到的。從安妮寶貝到慶山，是天女脫去了彩衣，腳踩在人間後的歲月。就像後來的我們，也都與那一個陪伴自己長大，雙生般的女友疏離了。走進了不管與誰談話，都很難再深刻入心，總聽著十年前的舊歌，看電影時不再輕易感動的自己。但這些沒有什麼不好，我想起《月棠記》的最末，安妮寶貝為這樣的人生境況下了段評語：「世間任何平常的美好的事情，也就是如此了。」

後來的我從北京、上海走過拉薩，偶爾會在看到一棵梧桐樹時，想起這年輕時讀過的小說家。不知道正牽著她的小女兒到了哪座花架，心甘情願的活過二十七歲，繼續變老。在《七月與安生》散場後的公車上，搖晃間我也想起那個十三歲時，形影不離的女孩。她抱著小孩，笑得美而安靜。我還是會疑惑與某些人的生離竟難過死別，但這些想法，還沒成形就散開。

因為電影幕落後、頁數到底後，演員跟小說家都往前走了，一起長大的女孩也是。不是安妮寶貝後的慶山，在一篇二〇一六年的生活札記裡寫到：

> 一起去轉塔。格西（註）突然說：五十年後，我們這些一起來的人都不在了吧。
>
> 我想了想，說：是的，應該不在了，而塔還在。

迷亂紛雜的形容詞不在了，

七月或安生都不在了，

小說家和你我，有一天也將不在，

但小說還會在，那些不管別人怎麼說，我讀進去的甜蜜苦難也都會在。

註：藏傳佛教中，通過五部大論考試，取得如博士地位的僧侶，叫做「格西」。

# 午餐肉與罐頭湯

不一定每個人都看過張愛玲，但相信許多人看過深雪。

就像不是每個人都看過那一鏡至美的《海上花》、看過大小螢幕上搬演的《半生緣》，但許多與我差不多同齡的人，卻都看過《第八號當鋪》。而那一年，我們的書架上想必擺過幾本深雪的書，只是後來，它們大多被放得積塵了、留在老家的書櫃上了。

有一些歲月的流失，也是如此，不一定能被皮膚、肌理察覺，但卻可以從那列不再追逐跟隨的作家清單裡明白。那些作家也不是不再出書，只是閱讀的心情再找不回。也許偶爾，會在白鹿洞、錦城這些租書店裡看見，偶爾也會在找不到喜歡漫畫的時候，再讀上幾本。喜歡自然還是有的，但再不是開天闢地那般的深受震動了。

然後再然後，我們甚至不再走進租書店裡，某日繞過，租書店那樓面已整層變作了其他咖啡廳、火鍋店，或是拉下鐵門，差不多也是這時你才會想起你未用完的押金幾百。更少數的時刻，你會想起某個作家、某本書、某句話，面對曾喜歡過的作家們，我有時總感覺也像在結束一段感情。許多年後，你以為的那些不可避的分離，不過和電影《如果愛》裡，周迅對金城武說的那句：「你都往前走了，你不要再把我往回拉嘛」，沒有不同。

凡是無法往前走的，就是一種倒退。這時，我更分不清絕情的究竟是舊時光，還是自己。

上月的某天，我的臉書回顧跳出二〇一二年《春嬌與志明》剛上映那時，打上的那段如今也可以說是經典的對白。連穿空姐服的楊冪也留不住的男人余文樂，緩緩說著：「我小時候很喜歡吃便利店裡的肉醬義粉，那時候很多人問我你為什麼喜歡？是真的鹹了一點，肉也不多。喜歡就是喜歡，我喜歡它是因為我覺得它好，它就什麼都好。」這貼文回顧，卻也讓我想起了深雪。

中學時的我，讀了不少她的小說，比起當鋪，我更對《愛經述異》裡那間魔幻至極、超越時間的 Mystrey 內衣店，買內衣附送女子完美的身材，有過驚羨。長大後的我，於是也對水滑涼膚、純色蕾絲的內衣深有執著。但，可惜的是無論多麼魔幻的書寫與空間，都是可以被取代的。不說課堂上的那些名字，中國後起的網路作家十四郎、星零，那般自創譜系的龐大架空，也比深雪筆下穿梭埃及、羅馬時空的吸血鬼和天使更引人入其中避世。這些都是可讀、可迷失甚至可偶爾勾人叛逃出學院課程的小說家們。而即使在學院裡，仍有成英姝《男姐》那般驚動心魄的魅人文字，小說家的好說不盡，好的小說家卻也無窮無盡。

當張志明對著幾乎無缺點的女友自白：他還是喜歡那個肉不多、鹹了點的余春嬌時，我想起的深雪，卻不是魔幻世界裡呼風喚雨的神怪作家，而是她筆下那本幾可說是青春校園故事的《早餐B》。《早餐B》說的是一段從學生走到社會的愛情故事，女孩讀書時還窮，早餐總是只吃著麵包果腹，直到男孩追求她時，經常買給她學校餐廳裡那份她一直幻想吃到的晨間特餐「早餐B」，那份早餐無比豐足，有：沙嗲牛肉公仔麵，煎雙蛋加腸仔，牛油麵包和熱奶茶。

那時的女孩癡愛著早餐B，對早餐A、C、D、E、F都不為所動。但後來的女孩，不只不再喜歡早餐B，相比公仔麵，法餐的烤鵪鶉她還更欣賞點。當然，她也不再喜歡同一個男孩了，甚至對他許多年堅持送著的那個星星鍍金書籤也喜歡不來。當女孩在其他段戀情中吃虧、驚懼，想再回味那樣一生不變的感情時，我才發現，深雪寫過最驚悚的故事不是掏人心肺、不是紅顏衰老、想愛卻不得，而是，永恆不變。

我也很喜歡吃港式快餐，很長一段時間還會特意上網訂購罐頭午餐肉和史雲生雞湯罐，有許多人都對我這點品味無法認同，午餐肉死鹹的無聊、史雲生雞湯又如此人工。但我還是覺得它們好吃，就像志明愛著微波肉醬義粉一樣，可我是無法一直吃著它們的。幾個月裡，偶爾一次進到街頭隨便一間港人開的餐廳裡，點一份餐肉蛋套餐，這樣的無可預期才是美味。

不變，是無法美味與動人心魄的，最多只能偶一懷舊，當作拒絕其他根本無興趣食物的理由，但人是無法不變不動的。早餐B吃三年終會膩味，無法前進的感情也是、沒換過封面風格的作家也可能是。於是，永恆與不變，成為一種驚悚。

當我回望深雪，在滿城新營業的租書店都不會有我名字的這一年，有些情節顯得單薄做作了，有些人物也幾乎沒半點深刻了。可其中仍有喜歡的感受，喜歡自然還是有的，只是喜歡無法開天闢地，愛才可以。我還是喜歡她在許多本小說中，那種接近神話般期許每個女子都成為女神的隱喻，那是深雪小說高懸著的一種宗旨。

我當然還是欣賞她說的：每個女人都是女神，而男人是女神們的珍寶。

即使長大後再讀這段話，仍有喜歡，但更多的卻是失笑。這樣的笑，沒有不敬，就有點像古代私塾裡的老師傅聽到年輕學生說「來年我進京趕考一定會高中皇榜」一樣的微笑。

我和私塾師傅一樣都變了，這樣的轉變不需要被比較，可能是自己沒趕上、可能自己不想趕上，所有的轉變都無關輸贏好壞。當王家衛跟陳可辛都當起了監製，這兩年裡親手把金城武變成癡情酒吧老闆、霸道總裁後，那一個編號二二三的美少年警察、歌舞中和周迅一起倒在冰上的北漂學生，彷彿眼底都演出了厭世。

我在二〇一七年被自己的動態回顧，推向了二〇一二年的《春嬌與志明》，在那裡我又想起深雪一九九八年的小說，它們都是我私人的午餐肉和罐頭雞湯，以此紀念，可以往前走得快樂些，卻萬萬不能回頭。

被選擇留在老家書櫃的小說、被選擇留下的情人，都是深夜趁隙喊你名姓的鬼怪。

「我們說好，永遠不要變，好不好？」

這時你要說：「不好。」

只怕回味太過，就變耽溺，談青春太久，就變狗血。

其實，小說家都寫了，人生每階段都有不同的早餐B。

但總要自己活過一次，才算讀懂，我都知道。

# 生命就是等待

每個讀文學的人，至少都要讀幾回史鐵生。

我和同儕差得不多，初讀他那篇寫命與生如滿弦般的〈命若琴弦〉時，是十八、九歲。我並不聽穎，他的小說於我，大約就和他筆下的老瞎子和他好不容易弄來的電匣子（收音機）一樣。那時的我聽是聽見了，卻看不見。

直到現在，我都無法說自己懂得史鐵生了，大約我還未彈斷自己命中的千弦。我是疲懶的存在者，對於存在與本質的界限，從沒有掙扎著弄清過。也許「存在」這件事確實先於本質，人首先存在，然後才自己決定生命的目的。於是，人才會和三弦琴不大相同，琴的存在必須先有其目的，才被創造、才能存在。

後來的史鐵生，許多人在談起他時，總會一併談到存在主義。但我卻總記著史鐵生曾說過：「西方有存在主義，也就是沙特講的存在哲學。我對存在的理解並不像他們實在，歸根到底，我仍然是東方的，存在的核心是一種虛空。」每次我讀起這段訪問，總能稍感寬心。為著自己也並不怎麼實在的了解過「存在」，感到被撫慰。

後來的我，花了一段時間，大約至少有彈斷五十根琴弦的時間，一一踏上了許多史鐵生雙輪曾滑行過的石子地、黃沙和樹林。在北京讀書的一小段時間裡，我去了許多次的地壇，為著史鐵生筆下的地壇甚至寫過篇小文。而那時的地壇，早比從前更添塵土，史鐵生筆下的地壇，我已如何都感覺不到了。反而是不遠處的雍和宮、一旁的茶樓，全都密密將它覆蓋，連灰色都變得黯淡。也許正是如此，後來的史鐵生終究搬遠了地壇。在他二〇〇二寫就的另一篇文章〈想念地壇〉中，就曾自白，之後他也不常去地壇了，因地壇早已面目全非。

後來的他，所幸還能在想念之中見到地壇，如他所寫：「我已不在地壇，地壇在我。」

後來的我，除了地壇，也曾去到延安附近。去了可能是在他還未癱坐輪椅前，憑雙腳行過最遠的那塊土地，也是他筆痕深劃出的「遙遠的清平灣」。如果說，我的地壇滋味其實更多來自它對面那間廣式茶樓，那麼我的清平灣就全是泡饃、白饃的風味。我並不是因為史鐵生才來到此處，也直到我吃著不知第幾口的白饃時，才想起他曾說起，饃也叫「子推」，模糊的想起是因為要紀念春秋文人介子推的緣故。

那時的我，早已超過他在延安的年紀，也超過了他失去行走能力的年紀。卻就是那麼的晚，我才了解到為什麼總有人說存在主義是一種悲劇。許多人會拿史鐵生和卡夫卡相比，大概是因為他們都曾絕望的在現實肉身的苦痛中書寫。在史鐵生寫《務虛筆記》、《我的丁一之旅》和《病隙碎筆》時，他的尿毒症已相當嚴重。卡夫卡也曾在因結核病惡化而不能進食時，寫出了短篇小說《飢餓藝術家》。

我雖了解了，卻不敢說出同意。直到今日，我仍無法說出存在主義確是一種悲劇，就像我從不覺〈命若琴弦〉或〈毒藥〉是齣悲劇。曾經，我遇過一位在京的師長，他和我說過：「人生若覺不幸運，只因未讀史鐵生。」我卻不明白這「不幸」，不知是從史鐵生悲劇般的病史，還是因他許多回對上帝的呼喊、對自我稱謂的存疑中，推結而來的。

直到多年後，某一個黃昏我在採訪馮翊綱老師時，他忽然提起了賴聲川。他好奇地想透過我問問是否有人發現了，其實賴老師的作品始終都是一種「等待果陀」的存在。「果陀」（goddott），是英語加德語中上帝的合稱，有人等待上帝、有人等待意義。而史鐵生等待著四百年來不變不動的地壇，就像等待果陀。史鐵生的地壇，就是他的果陀，他的零度，可以為它放棄人間繁華。

我無比羨慕那些有果陀可以等待的人。

所以，〈命若琴弦〉中老瞎子有著一千根待彈斷的弦，就像〈毒藥〉

裡始終等待吞下毒藥時間的老人。或許，史鐵生的生命就是小說，小說寫的也無脫生命，不論是〈命若琴弦〉還是〈毒藥〉，當中的解藥和毒藥全為虛假。幸福不是真的，但悲劇也不是真的。

至此，我才能稍微堅硬些的說出：「我不曾因為讀史鐵生，而感覺幸或不幸。」當然，我們可以從結果來說，他們誰都沒等到一生追尋的完結，不管那完結是喜或悲。但等待果陀的重點，一直都是等待，而不是果陀。

我翻開我在北京時寫下的那篇短文，它也叫〈我與地壇〉。雖叫我與地壇，我卻是我，而非史鐵生。那年的我，大約曾隱微的感應到一種書寫中有所等待的夢幻神聖，於是寫下：

> 忽然發現，在課堂裡或餐桌上，那些我分神偷看、幻想地壇的瞬間，都是因為羨慕。我不是不愛港式點心和北京青年的笑聲，只是更想要找到我宿命中的地壇，城市反而不再重要。它在海島之外或是在這整

片大陸之外？找到它的那一天，我可不可以毫不猶豫的寫下我與它，

讓它覆蓋？

有所等待，也是意義。

直到現在，我還是沒有找到一處可以為其書寫一生的所在，或是那一人、那一神，但時間本就還未走到可供倒數的琴弦時刻。時間只是移到了不久之後，不久之後的現在，我除了小說，也很喜歡史鐵生的長篇散文集《病隙碎筆》。他的碎語與提問、他的自辯與自答，都讓他的散文和小說一樣絕妙，有高度的技藝卻也無比天才。

繁體版的《病隙碎筆》內封中，印了一段摘錄自內文的話，小小的字寫著是：「人可以走向天堂，不可以走到天堂。」

我翻閱內文，史鐵生細說了原由，他說：「走向，意味著彼岸的成立。走到，豈非彼岸的消失？因而天堂不是一處空間，不是一種物質性存

在，而是道路，是精神的恆途。」我們需要彼岸，但彼岸不一定存在。所以史鐵生經常與上帝對話，雖然他從未見證上帝的神蹟，可他依然需要上帝，這無關虔誠。

因為這些只是存在的過程。

我不知道，也沒讀見史鐵生一生等待的尾聲是什麼。他的果陀，不知是上帝，還是地壇時光，或是未可言說的愛情。但我知道，那段在等待果陀中不斷重複著的大哉問，一人總會在放棄等待前問對方：「他要是來了呢？」另一人總會說：「那咱們就得救啦。」於是，等待被拉長，結果始終在路上。

史鐵生也一直在等待，和他筆下看不見的老瞎子、想找出毒藥真相的老人家一起等著。我們不也都是，為著命中該彈斷的千根琴弦，寫著、活著、等待著。

# 寫給勞兒

第一次來到巴黎的旅人，總會把「花神」（Café de Flore）、「雙叟」（Les Deux Magots）咖啡館排進行程，有那麼一句「我想和你一起吃花神的蛋」，更是成為溫柔如呢喃的一句法式纏綿情話，代表著願意與對方一起度過夜晚。

而就算找不到人共吃花神的蛋，但至少可以在裡邊寫張明信片，以街景為神、再以穿著長大衣捲褐髮的歐洲帥哥為骨，讓人們在巴黎的街邊更靠近過往的那些詩人與作家。

我初到巴黎那次，還來不及想到該與誰共吃花神的蛋，卻想起了不到二十歲時初讀的法國女作家——莒哈絲（Marguerite Duras）。

我遇見莒哈絲那一年，還常在山頂的學校圖書館消磨時光，朱紅漆柱撐起的圖書館裡，夜裡幾無人影。我在書櫃間翻到許多女作家，不是莒哈絲，而是其他幾乎是信仰著莒哈絲的女性作家。文學家鍾文音、陳玉慧、袁瓊瓊，幾乎都曾寫下這個法國女子的名字，也幾乎都曾在某地尋覓過她的足跡。我於是躲在未閉館的夜間圖書架裡，讀著某出版社一系列的莒哈絲作品集，現在回頭找尋，多已絕版。

很多年後，我下山來到另個課堂，老師朗聲說著更多的莒哈絲，我才算真正走進了瀰漫著整個文學圈的莒哈絲風潮。而永恆的莒哈絲，不曾因為她晚年的酗酒、聲名狼藉，和比她小三十九歲的她情人揚（Yann）的種種傳聞，而改變過。即使，你我都曾讀過、聽聞過關於她是多麼縱慾、奴役著她戀人的故事，但她始終是莒哈絲。

在我長大的年代裡，欲望是多麼直率的一件事，沒有欲望或是隱藏欲望，就等於沒有故事。影響我最深的一本莒哈絲，不是都曾改編成電影的《情人》或是《廣島之戀》，而是《勞兒之劫》（*Le Ravissement de Lol V.*

*Stein*）。那本書，還是我某一年的生日禮物，對方寫了封卡片，大意是，我想我們都是勞兒。

一九六四年，《勞兒之劫》出版，心理學家拉岡為莒哈絲描寫的那種女性的心理激情，震驚不已。他說，不曾接觸過精神分析的莒哈絲，卻貼切的描寫出了一個拉岡研究中認為的精神症患者，「勞兒」這個女人究竟從何而來？拉岡這樣問莒哈絲。

而她只是回他：我也不知道，勞兒就這樣自己出現了。

如果你不曾讀過《勞兒之劫》，應該可以在網路上查到許多小說情節，但故事往往沒有那樣複雜。一開始勞兒只是與未婚夫參加一場舞會，舞會裡卻出現了一個神秘的黑衣女子，和勞兒的未婚夫共舞一夜，之後勞兒失去了她的未婚夫。而後的一生，勞兒結婚、生子，卻總在正常世界的邊緣行走，很多人說她那夜後早已「萬劫不復」。

後來，我總能看到許許多多的勞兒們持續寫著，雖然每個勞兒的劫難都不相同，但殊途總同歸。

所以，每一個勞兒都能讀懂另一個勞兒，因為女人總能讀懂女人。

勞兒之劫的劫，常被說成是一種萬劫不復般，需要渡化開解的劫。

但其實在它的法文書名中，Ravissement 這個單字，除了有令人迷狂的意思外，更有著「劫持」的意思。於是我總認為，《勞兒之劫》應該是勞兒主動成就的一種狂亂行為，勞兒並非被動的去接受她命運的劫數。

「劫持」是一種你選擇去做的事，就像是我讀過的作家們，選擇做的事，就是寫，即使寫作後來變成了劫持，或是劫數。

作家鍾文音寫給莒哈絲的一封信裡，這樣說著：

我先是來到妳在巴黎聖日耳曼大道附近的聖伯奴瓦街五號居所，像幽魂般地探望著任何一個長得神似妳的巴黎女人。她必須個兒嬌小、她必須神色孤絕、她必須目光迷離、她必須左手叼菸、她必須右手戴只玉環且指環有個大大的華麗手戒。她必須沉醉愛情，必然走向枯萎的愛情，絕望又欲罷不能的愛情。

小說家陳玉慧也曾近乎癡迷的寫下給莒哈絲的一段話：

是莒哈絲讓我明白我不是瘋子。我也是孤單的，我也不喜歡溫柔。醉酒的莒哈絲，酒精中毒的莒哈絲。她那張毀滅的臉，她那張少女的臉。情人愛過，撫摸過，印度支那陽光曬過的臉，彷彿顯現著歡樂。但她不是。才是少女，一次戀愛就變老了，很老很老。那時站在湄公河畔，穿著母親的白色舊絲洋裝，繫著男人的棕皮帶，戴著一頂男人的帽子。我必須走，我必須寫東西，寫什麼？母親不解地問：寫什麼？寫書。寫小說。寫那些我永遠不會跟你說的事。

這樣的作家和她們的文字帶有一點癲狂，但讓我想起我收到《勞兒之劫》時附的生日卡。

「我們都是勞兒」，為什麼不呢？

在戀愛中的執念，有時讓我們一念成魔，有時我們又一念放下。

回去初到巴黎花神咖啡外的那天，我已非常臨近聖日耳曼大道上她的故居了。

左手邊上就是花神咖啡館那半骨董的美麗裝蛋器，右手邊上去就是莒哈絲住過的公寓。

來到這裡的我，也終於像勞兒一樣、像莒哈絲及那些女作家們一樣。追尋愛情、理想、自我，追尋所有我們願意追尋的事物，然後不得不面對了自己的執念。勞兒就在這時候，不請自來。

身為莒哈絲的勞兒並不可怕，找到生命中願意被劫持的、想劫持的那件事，不需要害怕。就像陳玉慧自述的：「我在寫作，我想起莒哈絲。」

所以我在戀愛時，會想起她。

在哭泣時，會想起她。

在花神時，來不及吃蛋，也想起她。

想起我們都是勞兒，甘願被劫持、甘願偶爾迷狂。

# 小心海潮

台灣關於孟若的介紹，在二〇一三年她得了諾貝爾文學獎後，從貧乏走到了豐沛。浪潮起了，可從未滿溢，這也是孟若幽微迷人之處。

她始終像極她筆下的加拿大森林，密鬱廣袤，不是修剪整齊的花木栽成了一座公園，而是自顧自的長成了一大片原始林。精細到極，卻成自然。

孟若的浪潮，與那些密集綿長總在拍打著岸邊的沫般碎浪不同，它是從海洋底下、從另一個洲界，以一種包覆住其他一切的力量，緩而長的觸到了岸，卻不打算上岸的。是海潮裡顏色最深的那一道，帶來更冷與更遠地方的水流，讓人見識到她小說中的冷和美。

推崇與喜歡孟若的華語作家極多，小說家駱以軍、伊格言盛讚她，女作家張讓、黎紫書更為她譯文，這些人，大概也都算是近代華語文學界裡的名家了。駱以軍曾說孟若的小說複瓣層層，她就像是最講究的老鐘錶師傅，處女座般的嚴謹，她的名字已足以和波赫士、瑞蒙卡佛、馬奎斯放在一處。

後來，不知第幾次重看舊電影時，我才驚覺，當年在阿莫多瓦編導的《切膚慾謀》裡，那被囚禁的主角一直反覆翻著的書，不正是孟若的小說集《出走》嗎？想來阿莫多瓦也是書迷。後來，大概是耐不住自己對孟若的熱愛，阿莫多瓦終於拍了部《沉默茱麗葉》，正是《出走》中被改編成西班牙版「茱麗葉」的三篇故事。孟若書中的茱麗葉是為愛出走的，從溫哥華橫越整座大陸，尋找一個火車上巧遇的已婚男子。孟若說茱麗葉在接到男子的來信後：

巴士載著茱麗葉，從溫哥華市中心到馬蹄灣，然後駛上渡輪，穿越大陸半島，又上一艘渡輪，然後再次登上大陸，開往那寫信男人居住的鎮。鯨魚灣。

鯨魚灣那兒的人不信教、遇見葬身大海屍首不整的人，會在沙灘上辦一場火化儀式，一群人看著火光燃燒吞噬那人的骨頭與內臟。鯨魚灣只有岩石、樹木、湖海與冰雪，但卻有讓茱麗葉願意出走到像極天涯海角的那個男人。

那般靜如隔世的大海、山林，小鎮、城市，本來就是孟若在加拿大的生活，好幾次她寫到倫敦市，都會偷偷說明是安大略省的那個倫敦，我喜歡她這樣的說明，安大略省的倫敦更像是能發生所有她筆下故事的地方。她從不寫她生活之外的世界，卻從未聽過有人說她的小鎮乏味、故事背景單一。因為即使是這般安靜平和的世界，即使所有的藍圖都是同一張藍圖，她還是能蓋起一座座全新的堡壘，讓人挑不出弱點，而她只需要拿著她的筆。

從張讓到阿莫多瓦，讀過孟若的人，沒有不被她迷住的。

雖然，孟若並不算好讀的作家。

我不少次在網路上，見過對她許多作品細節轉述的小失誤，可能是理解錯誤，或是被孟若吊著的那條線牽去了他處。但偉大的作家裡，又有誰是好讀的？如此一想，靜心去讀孟若幾回，就沒什麼好猶豫的了。再說，孟若的小說並沒有多雕琢的句式，雖然她是雕琢至極的作家沒錯，但她的雕塑不是器物式的，而是用大小事件的錯落擺放，一釐一毫調整出作品的。她會一再妥善安排好每個情節，只為導向那一個她準備好的，驚人的、盛大的結局。就如同駱以軍說過的：

她是非常工匠技藝的說故事人，最後要捏死的那隻小雞，一定在最後一刻才捏死。

我的閱讀習慣不太好，平常絕不會把書穿上書衣，書套當然也沒有，唯一會對書做的事就是摺書。每當我遇到什麼驚豔的段落時，也懶得筆記，等我以筆加注完，就錯失接著讀下去這最大的樂趣了。於是，我會大力將那頁書摺起，這也有個好處，我習慣將書橫擺，只要看摺起的書頁多寡，就知道這本書的迷人指數。而孟若放置的那排，每本書比起書皮都厚上不少，就像是不小心泡水發漲的厚度一樣，優秀至此，有時讀來實在令人心有不平。

孟若的第一本小說集《幸福陰影之舞》，在她三十七歲那年才出版，她不像張愛玲說的「成名要趁早」。她來得雖不早，但卻寫了更久。八十歲後的她，還有著作，而在她七十歲後寫出的《感情遊戲》和《出走》兩本輯子，初讀後至今多年，我一再重閱，始終還是會被她的情節與氣場，被那樣深重的洋流包裹住。一摺再摺，直到摺頁都快占滿半本書了。

而孟若開始的近五十年裡，她筆下的少女，也隨著她一起成為了女人、一起長大與變老。一九六八年的《幸福陰影之舞》裡，有隨興坐上陌生男子車兜風的年輕女子；在〈男孩子女孩子〉裡，也有著剛進入青春期，銀狐毛皮農場裡的少女。這些女孩細膩敏感，有些神經兮兮，這時期她筆下的「女人」開始面臨到、意識到許多生活中的苦惱。雖然這時的孟若已經是三個孩子的媽，但對少女心思刻畫依然深刻。

後來孟若的小說女性，也跟著她一起變得更老、更深沉、更慧黠了。許多故事中，開始有了蒙太奇式的回憶跳接。比如在《太多幸福》裡的〈童戲〉，一個已從教授退休下來的女子，接到童年在夏令營的好友來信，信和小說中總帶點欲語還休，只知道從前發生了件事，後來她們也未試圖聯絡對方過了。她遵照那已病重的好友指示，來到了一座教堂的告解室，在最後她才靠著回想，還原了幾十年前她們曾合力把一個討厭的女孩壓在海中，直到她不再呼吸的故事。

於是，我常揪著心看孟若的小說，疑心很重的想著：「主角回憶的方式，用的人稱有點不太一樣，是不是又藏著什麼秘密了？」孟若是個狠得下心「殺」的小說家，但卻不是濫殺。孟若的殺，是隱隱約約藏著的，逃跑的女人、失蹤的小羊、寡居著的老婦人，都被四處暗藏的殺意圍繞著，可能來自她們的枕邊人，也可能是闖入的殺人犯。但都令人提心，因為殺與不殺，都不減她描寫殺意一閃而過那種如電光一瞬般的精準。

孟若的小說之潮，每隔一段時間，又會打回我所在的岸邊。

當世人心想，加拿大終於出了第一個諾貝爾文學獎得主時，那時的我心有無奈，若加拿大文壇與孟若的小說都帶著寂寥漫長的氛圍。那麼我所深陷、細讀著的台灣文學作品，只能說是一片未開化之地了。曾經，在學院裡，無數老師告訴我們，華文寫作的佼佼者如誰與誰，我捧心般的讀過。而他們的書，如今也充滿摺痕記號的躺在我書架之上。只是，孟若的小鎮已是寂寥，台灣的海島家族、迷離鬼話，就更像蠻荒裡的靡靡之音了。

我在蠻荒，憑藉著想像的目光，循她來時的海潮，穿越大海與霧氣、時間，想看一次孟若。

我見到她的那時，孟若有花白的髮，女兒已長大，她可能在與第一任丈夫開的「孟若書店」裡發著呆，拿點書，準備回家寫作。某一個瞬間，孟若彷若有所感知，抬起頭，與我眼神相觸，她的眼神洞悉，光線下帶著濃重的陰影。

和我讀見的一樣。

# 生活的縫隙

我很喜歡山本文緒，算是在世的日本文學家裡，最喜歡的一個了。

如人所知，日本文學、電影和音樂，曾像股巨大海流一般來到台灣。尤其現在四十歲左右的世代，他們精讀日本文學，如刻印在腦海；他們走過一段在網路上、同儕間流傳著河瀨直美與寺山修司電影的歲月。這年代的許多台灣作家，文字間偶爾也會透出日式的寧靜、凝結，或散著死亡氣息的美。

打開影響我自己最深的日劇清單，也幾乎都停留在了上一個世紀末的九〇年代，那幾乎是閃著金光的華麗年代。從《一〇一次求婚》（一九九一）、《無家可歸的小孩》（一九九四）、《長假》

（一九九六）、《海灘男孩》（一九九六）到《大和敗金女》、《池袋西口公園》（二〇〇〇），能看著竹野內豐、松島菜菜子、廣末涼子的臉配著週末消夜，再看著窪塚洋介、妻夫木聰年輕時總是微挑的嘴角，沒什麼更幸福的事了。還有在我名單最底，一直能輕易劃開我心縫隙的《惡女》（一九九二）和《蜥蜴女孩》（一九九六）。

和我身邊許多操著流利日語，對日本作家、導演甚至秘境都如數家珍的人不大相同，我很慚愧的是完全讀不懂日文，只會幾句簡單的單字對話。雖然嘴巴上說慚愧，但是卻也沒有想要去修過日語、報名日文班。每當在這種時候，當我不得不說些感覺理所當然，好像有在反省的話時，我都會想到山本文緒。

往記憶裡挖掘，卻想不起來何時初讀山本文緒。但卻能想到第一次讀吉本芭娜娜、第一次讀村上和大江健三郎。山本文緒像是一條縫隙一樣，你不注意看它，它就小得無法被發現。可當你心血來潮撥開它時，後面卻藏著許多你不想人見的秘密。她的許多小說，也總像我沉迷過的那些日劇，同樣的、理直氣壯的怪異荒誕。

《藍，或另一種藍》這本長篇小說，我在某年書展買下後，不知借給了誰，至今沒拿回，雖只讀過一次，卻仍然記憶深刻。女主角在年輕時，無法決定嫁給哪個男人，才不會後悔。於是，從她最為難、深懼後悔的那一瞬間開始，產生了另一個自己，分別嫁給了兩個男人。直到許多年後，她終於巧遇了另一個自己……這是一篇關於後悔，但卻不怎麼提及「後悔」字眼的故事。就像《蜥蜴女孩》裡菅野美穗總從鏡中看見自己的蜥蜴樣貌一樣，也是關於認同，卻不明說認同的故事。

後來，當我初讀邱妙津一九九七年出版的《鱷魚手記》時，總不免暗想：那年，她是不是也剛看完《蜥蜴女孩》？

在日本文學裡，可以奇幻荒誕，而不被人視為怪異，日劇如此，小說更是。山本文緒的許多作品，也都曾經改編成日劇，有得新人賞的《戀愛中毒》，也有《藍，或另一種藍》。但她並不是奇幻小說家，也不擅長推理、懸疑，她的文字，幾乎全是最容易讀下的樸實。大概就是對話、簡單的描述人物，以及不斷誠實的自我告白。

卻偏偏是這樣的告白，讓人心有共振。

在《三十一歲又怎樣》書裡，寫著的：

> 二十五歲前，我精力還很旺盛時，曾經發誓有幾件事絕對不做：絕不在失戀時養寵物、絕對不在假日不出門時整天穿睡衣、絕對不一個人走進牛丼店……然而，邁入三十大關後卻不斷地沉淪下去。

不只如此，裡面還有決然以所有積蓄買下跑車，從此只能住在跑車上，在健身房洗浴的白領女子。

也有著每年和情人相約在阿姆斯特丹揮霍、嘗大麻的偷情男女。

或是在她得到直木賞的短篇小說集《渦蟲》中，那五個遊蕩、放縱，幾乎是放空自己，又彆扭又帶著冤氣的女子。裡面的女人們失婚、失業，不是病人就是逃避現實。在〈渦蟲〉裡，主角經常向上天祈禱下輩子變成「渦蟲」，一種自體再生能力強韌，卻沒有腦子的生物。山本文緒寫下的女人，雖不討喜，卻絕無惡意，這和桐野夏生、湊佳苗，走在完全不同的路上。

值得慶幸的是，本來現實人生之惡，許多只是念頭。

比起挖掘和驚嘆惡，我更喜歡和山本文緒一樣，面對人生。

人生其實很簡單，就是有些時候，如她所寫，我們不喜歡太亮的房間、不喜歡被他人安慰。

在〈渦蟲〉裡的春香和店長告白說自己得過乳癌、下輩子想成為渦蟲後，一日，卻收到了店長的包裹，裡面有一些抗癌的書和大張精美的渦蟲圖片，還有張打氣的紙條。這種令人心搔癢，並不好受的體貼，正是現實。

記得幾年前，我和母親走在京都，老街旁走來一個全身穿著黑金色正式和服的貴婦。嚴妝麗服，看不出年紀。那老街有些像不那麼潮濕的乾淨九份，人與人錯身時空間不大，一次只容一人身通過。那和服貴婦停在原處，側身做出禮讓我們的動作，母親和我走過時，不斷向她點頭致謝，母親還努力說著非常不標準的「嘎哩嘎豆」。等我們通過，貴婦都還端著令人融化的笑臉，直到她轉身往前走，我才清楚的聽到她說了句：「麻煩死了。」

那是我剛好聽得懂的日文之一。

這讓我想到了山本文緒的真實，無關惡意，只不過是一些我們在沒有人聽見，或以為別人不懂時，忍不住想說的話。

性慾是真實的、

討厭某人也是、

什麼都不想做也是真實。

幾乎和喜歡日本文學的人一樣多，也有許多人並不喜歡日本文學。有些朋友說，不喜它陰森晦暗，常有不倫。但文學和生活都是同理，這些都是真的，就像看鬼片一樣，你遮眼看它、睜眼看它，它都在那裡。我選擇以一種輕的方式說起這些，和那些看過的日劇一樣，可能看哭了整晚，為著一個深有共鳴的瞬間，但和人說起時，只會輕淡的說句：「這部日劇不錯。」

在山本文緒日記體裁的《然後，我就一個人了》裡，就有著她輕盈可愛的一面。

某年八月十八日：

眼看就要到交稿日期了，感冒要是再拖一拖，倒可以成為連載停一次的理由，可好像一下全好了。而且連載停了就拿不到那份錢，信用也會降低吧。不情願的打開文字處理器電源，寫一行嘆一口氣。

當然，我始終深信每個作家最想說的，永遠是他寫的第一個故事。回望她的成名作《戀愛中毒》，極重又極輕，小說裡愛得步步為營、自苦至極。卻又在最後，輕鬆的讓那對一個因愛入獄，一個誓言不再相見的男女，坐上跑車，醉醺醺的繼續偷情。所有的苦痛，都是過眼。山本文緒，她只是用小說幫我們劃開了生活中的一條縫，但縫裡藏著什麼，還需你自己親身一探。

當我無法取捨該用哪一本她的經典小說，為她作結時，卻一直浮現她在二〇一三年才寫完的新長篇《なぎさ》（台灣翻譯為海濱，但我更喜歡日文漢字寫作的「渚」這個說法）。

在《渚》裡面，開篇就寫著：

我有生以來第一次看到的大海是日本海。

我非常欣賞的日本攝影大師杉本博司，也曾拍下一系列的「海景」，灰藍、松石綠、深深淺淺的黑，就像那樣的海。雷擊般的，這也是我從她小說中一直窺見的。

那片黯而不藍的迷濛大海，全是灰撲撲的真實。

我有生以來第一次讀進的大海，正是她筆下那片日本海。

小說雖不可明說，但能觀見。

# 索引

| 篇名 | 媒體 | 時間 |
| --- | --- | --- |
| 寫作的艱難 | 中學生報二二七期<br>《中國時報》藝文副刊 | 二〇一七年三月十七日<br>二〇一七年九月十四日 |
| 寫你 | 《聯合報》副刊 | 二〇一七年七月十八日<br>十九日 |
| 沒有盡頭的事 | 《印刻文學生活誌》一四七期 | 二〇一五年十一月 |
| 寫妳 | 《印刻文學生活誌》一七〇期 | 二〇一七年十月一日 |
| 生活編輯凡例 | 《聯合報》副刊<br>選入《一〇四年散文選》<br>（九歌） | 二〇一五年十二月三十日 |
| 秋日水逆條碼 | 《聯合文學雜誌》 | 二〇一六年十月 |

| | | |
|---|---|---|
| 情歌的必要條件 | 《印刻文學生活誌》一四二期 | 二〇一五年六月 |
| 他鄉之客 | 《印刻文學生活誌》一七〇期 | 二〇一七年十月一日 |
| 北水經注 | 《自由時報》副刊 | 二〇一七年七月十六日 |
| 築地三點的熱咖啡 | 《印刻文學生活誌》一七〇期 | 二〇一七年十月一日 |
| 告別七月與安生<br>（讀安妮寶貝的方式） | 女人迷網站<br>「閱讀女作家」專欄 | 二〇一六年十一月二十五日 |
| 午餐肉和罐頭湯<br>（永恆也是一種驚悚） | 女人迷網站<br>「閱讀女作家」專欄 | 二〇一七年六月十三日 |
| 生命就是等待 | 《幼獅文藝雜誌》 | 二〇一七年五月 |
| 寫給勞兒<br>（我們都是勞兒） | 女人迷網站<br>「閱讀女作家」專欄 | 二〇一六年十一月八日 |
| 小心海潮<br>（請小心海潮） | 女人迷網站<br>「閱讀女作家」專欄 | 二〇一七年一月六日 |
| 生活的縫隙<br>（讓小說鑽進生活中的縫隙） | 女人迷網站<br>「閱讀女作家」專欄 | 二〇一六年十二月十二日 |

INK PUBLISHING 文學叢書 546

# 寫你

作　　者　蔣亞妮
總 編 輯　初安民
責任編輯　宋敏菁
美術編輯　林麗華
校　　對　吳美滿　蔣亞妮　宋敏菁

發 行 人　張書銘
出　　版　INK 印刻文學生活雜誌出版有限公司
新北市中和區建一路249號8樓
電話：02-22281626
傳真：02-22281598
e-mail：ink.book@msa.hinet.net
網　　址　舒讀網http：//www.sudu.cc

法律顧問　巨鼎博達法律事務所
施竣中律師
總 代 理　成陽出版股份有限公司
電話：03-3589000（代表號）
傳真：03-3556521
郵政劃撥　19785090 印刻文學生活雜誌出版有限公司
印　　刷　海王印刷事業股份有限公司

港澳總經銷　泛華發行代理有限公司
地　　址　香港新界將軍澳工業邨駿昌街7號2樓
電　　話　(852) 2798 2220
傳　　真　(852) 2796 5471
網　　址　www.gccd.com.hk

出版日期　2017年10月　初版
ISBN　978-986-387-195-8

定　價　280元



本書榮獲 國藝會 NCAF 贊助創作

國家圖書館出版品預行編目資料

寫你／蔣亞妮 著；
--初版, --新北市中和區：INK印刻文學,
2017.10　面；　公分.（文學叢書；546）
ISBN 978-986-387-195-8（平裝）
855　　106015934